W0237286

HELIANA A DISPARU

Norbert Dodille

Heliana a disparu

roman

Stock

À Elena Ştefoi.

Quand je suis rentré de vacances, Heliana avait disparu.

C'était pourtant de petites vacances. J'étais parti quelques jours en Roumanie, au bord de la mer Noire, avec ma femme et mon fils. Il faisait très beau, et comme c'était au mois de mai, il n'y avait pas encore beaucoup de monde, on vivait dans une douce atmosphère de début de saison.

Le café français, où l'on servait des glaces, arborait de splendides enseignes aux couleurs claires qui vantaient des marques allemandes. Il y avait là des serveuses aux jupes courtes, joliment maquillées, et des garçons aux vestes rouges : ils s'attardaient autour de notre table, pour faire la conversation.

Mon fils a bientôt trois ans. Maintenant, il sait parler. Il nous demande pourquoi nous sommes venus là, au bord de la mer. Nous lui expliquons que nous sommes en vacances, et qu'on est venus profiter du soleil. Il ne comprend pas très bien quel plaisir nous trouvons à de tels déplacements et à de pareils efforts, d'autant qu'il n'aime pas le soleil, et pas davantage le sable. Il préfère être chez lui, où il a ses jouets, sa grand-mère et son chien.

Nous faisions de longues promenades au bord de la mer, sur l'allée cimentée qui court en corniche au-dessus de la plage et traverse une pente gazonnée. En haut, on apercevait dans l'ombre des grands arbres des villas somnolentes. Tout au bout, alors que nous voulions atteindre la jetée et accéder ensuite à la station balnéaire voisine, un soldat nous arrêta : « Vous n'avez pas le droit de passer ! » Nous avions bien vu les pancartes, mais nous avions pensé qu'elles dataient d'un temps révolu. Ma femme demanda ce qu'il y avait là, pour qu'on interdît le passage aux vacanciers. « C'est la villa de Ceauşescu », dit le soldat. « Je sais, mais il est mort, non ? » Et deux gouvernements successifs l'avaient depuis enfoncé dans la tombe. Mais le soldat nous regarda d'un air navré et souleva les deux bras ensemble pour les laisser retomber avec un air d'impuissance. Ceauşescu peut mourir, et son régime honni se dissoudre dans la vaste marée de l'Histoire, ce n'est pas pour autant qu'on va laisser le passage ici.

Ma femme, pour parler au soldat, avait repris son ton de maîtresse, ce ton de « boyard » qui m'avait tant séduit quand je l'avais rencontrée – il y avait maintenant sept ans, j'étais alors en poste à Bucarest.

Le soir, nous dînions tous les trois sur la terrasse du restaurant de l'hôtel, au-dessus de la plage. Derrière les vitres, on voyait la salle où se produisait un petit orchestre : une chanteuse aux bras nus jouait du violon, et deux hommes l'accompagnaient, l'un à l'orgue électrique, l'autre, un type aux cheveux longs, à la dégaine de vieil Indien, en grattant une guitare fluorescente. Ils interprétaient les succès qu'avaient chantés Gilbert Bécaud et les Gipsy Kings, des airs usés par plusieurs lustres, et qui faisaient rêver à d'anciennes amours. Autour d'une table, il y avait un groupe de femmes de cinquante à soixante-dix ans. Elles se levèrent une à une et se mirent à danser. Les plus jeunes, pour rire, adoptaient des poses lascives. Mon fils, ayant un certain talent pour la danse, se mit à se dandiner lui aussi, et l'une des plus vieilles, qui avait attaché sur son ventre une banane, l'un de ces petits sacs où l'on range son porte-monnaie et ses clés, lui fit signe de venir les rejoindre. Nous l'encourageâmes, tout en faisant des clins d'œil de connivence du côté de la vieille dame, mais lui, timide, déclina l'invitation avec force.

À la fin, il nous dit qu'il voulait rentrer à la maison, ce qui tombait à pic, car il était temps pour nous, en effet, de prendre le chemin du retour.

Ma femme et mon fils me déposèrent à l'aéroport et, tandis que je donnais mon passeport au policier de service, je les vis qui descendaient l'escalier avec précaution. Ma femme avait la tête baissée et tenait la main du petit. Je leur avais dit au revoir brièvement, et j'avais embrassé mon fils sur le coin des lèvres, mais il ne m'avait pas rendu mon baiser, parce qu'il commençait à comprendre que je partais sans lui.

À l'occasion d'une grève d'Air France, inopinée mais bienvenue, j'eus la chance d'être détourné sur un vol qui me ramena plus vite à Prague. Ma voiture m'attendait à l'aéroport et je profitai de l'avance que j'avais gagnée sur mon horaire pour aller faire quelques achats. Il me fallait des rideaux pour mon nouveau logement, dans lequel j'avais emménagé deux semaines auparavant. Je n'étais que depuis un an à Prague, où j'avais été nommé attaché culturel à l'ambassade, après mon poste à Bucarest. J'avais loué au début de mon séjour une grande résidence familiale dans le quartier de Podoli, au bord de la Vltava, mais ma femme, après une longue hésitation, avait renoncé à me suivre, et j'avais choisi un appartement plus petit, un appartement de célibataire.

Il me restait la fin de l'après-midi et la soirée tout entière. J'avais dit à Heliana que je rentrerais tard dans la nuit, ce dont pouvait encore attester mon billet d'avion. En raison de cette sorte de lâcheté qui m'est coutumière, et me contraint à me comporter avec les femmes, malgré mon âge, comme un gamin vicieux et mal élevé, je songeai que je ferais mieux de ne pas l'appeler maintenant et de profiter de mon temps libre. En somme, je voulais m'offrir une courte parenthèse entre le moment où je quittais ma femme et celui où j'allais retrouver ma maîtresse.

Je traînai donc avec délice dans les allées du supermarché du meuble où j'avais fait halte au retour de l'aéroport, croisant à plusieurs reprises une femme blonde aux yeux las, une épouse de diplomate, sans doute. Elle errait tristement parmi les rayons, à la recherche de quelque chose qui de toute évidence, comme son expression le laissait deviner, ne pouvait pas s'y trouver.

J'arrivai chez moi les bras chargés de ma valise, de mes rideaux et de mes barres de rideaux. Plein d'une joie qui me gonflait la gorge et me faisait chantonner un air martial, je repris possession de ma petite demeure. J'habite maintenant en plein centre de Prague, dans le passage Lucerna, un passage qu'il faut que je décrive, mais pour l'instant, je raconte mon arrivée et la suite. J'ouvris la porte du balcon, il faisait beau ici aussi, et je rêvai un moment devant le paysage de toits et de fenêtres qui rosissait des teintes du coucher de soleil. Puis, je sortis mon téléphone portable de mon sac, le posai sur son socle, et je mis en marche le répondeur du téléphone de l'appartement.

Il y avait d'abord un message d'Ilinca. Elle me déclarait que j'avais commencé de lui manquer dès l'instant même où je l'avais quittée, à Paris, une semaine auparavant. Elle disait cela d'un ton jovial, certaine du plaisir que j'aurais de l'apprendre, et que je pourrais retrouver sa voix en arrivant chez moi. En conclusion, elle ajoutait d'un ton plus grave que, vraiment, je ne pouvais pas imaginer à quel point je lui manquais, qu'elle en était elle-même étonnée, et qu'elle n'aurait pas voulu que je lui manque autant, mais que c'était ainsi.

Ensuite, une voix masculine tenait un long discours en tchèque dont je ne compris que quelques bribes, par-ci par-là. Il s'excusait : « bohužel ! » (malheureusement), il parlait de bureau, et il renvoyait à « zítra » (demain). Toutes ces choses étaient très confuses pour moi. Le dernier message était une petite allocution de bienvenue prononcée par Heliana.

Le début manquait, effacé par quelque défaillance technique du téléphone. Lorsque la bande redevint audible, je compris que Heliana me souhaitait en roumain la bienvenue de la part de mon petit appartement, dans lequel elle m'avait aidé à emménager – c'est elle qui m'avait suggéré d'acheter des rideaux –, et de ma nouvelle télévision – car j'avais fait installer récemment une antenne parabolique et m'étais abonné à un bouquet d'une centaine de chaînes. Puis elle répétait la même phrase en tchèque (« ton nouvel appartement et ta nouvelle télévision te souhaitent la bienvenue »). Je l'avais choisie en effet pour m'enseigner le tchèque, et c'est d'ailleurs grâce à cela que je l'avais connue : je trouvais très original d'avoir pour professeur de tchèque une Roumaine. Elle avait une voix très gaie, et elle terminait sur le mode parodique en précisant qu'il s'était agi d'une émission spéciale de la radio Fréquence libre Europe. « *Biiiip*, annonçait-elle, *biiiip*, c'était une émission spéciale de Fréquence libre Europe », après quoi elle chantonnait un petit air très radiogénique (*ta, ta, ta, palam, palam*, etc.). Je me demandai si elle avait été en fin de compte engagée à la radio par Mattei, dont elle m'avait laissé comprendre qu'elle devait le voir pendant mes vacances.

De l'entendre ainsi me préparait au plaisir de la retrouver. Je ne changeai toutefois rien à ma décision de ne pas l'appeler, et retournai sur mon balcon. Maintenant, les fenêtres d'en face, vers la rue Stepanska, à l'autre bout du vaste espace de terrasses et de toits qui couvre le passage, s'allumaient aux derniers feux du soleil, tandis que le ciel était devenu d'un bleu très sombre. Elles étaient comme des incrustations de nacre dans la pierre grise de l'immeuble. Celui-ci était couronné d'une balustrade aux larges montants, évoquant le sommet crénelé d'une muraille antique. À ma gauche, les six grands tuyaux d'aération de la salle de cinéma s'élevaient au-dessus des toits telles les cheminées d'un paquebot, et l'on devinait le bruit constant et sourd de la soufflerie enfouie dans les profondeurs du passage. Je me versai un verre de pastis et m'installai dans mon fauteuil, les pieds sur la rambarde, hésitant sur la manière dont j'allais composer ma soirée solitaire. Je décidai de faire quelques courses, et de dîner devant la télévision.

En sortant de chez moi, j'ai rencontré sur le palier une femme que j'avais vue deux ou trois fois auparavant, une grande femme aux cheveux roux courts, forte, belle, de quarante ans peut-être – un corps de statue, des yeux noirs, de ceux qui, lorsqu'ils vous prennent pour cible, vous causent des faiblesses dans les jambes. Dès les premiers jours où j'ai habité ici, je l'ai croisée dans le passage, je l'ai regardée longuement, et je me suis bien rendu compte qu'elle n'en était pas fâchée. La dernière fois, c'était sur le seuil de mes voisins, un couple de vieux Polonais : ils me l'avaient présentée, sans que je comprenne au juste ce qu'elle faisait chez eux. Elle m'avait souri, je me souviens qu'elle avait une de ses chaussures à la main, j'avais même pensé qu'elle était cordonnière.

J'étais donc très content de me trouver seul avec elle dans l'ascenseur, et je n'ai pas eu à prendre l'initiative de la conversation, car elle m'a aussitôt tendu la main et s'est présentée : « Nadjezda. » Je connaissais ce prénom, dont le diminutif est Nadja, comme l'héroïne d'André Breton. Elle ne parlait ni français, ni anglais, ni allemand. J'ai orienté la conversation en fonction des quelques mots que je connais en tchèque et lui ai demandé si elle était la fille de mes voisins. Elle m'a répondu en riant que non. Elle travaillait chez Pragtour, une entreprise dont les bureaux sont à côté de mon appartement. Nous n'avions que peu de temps à passer dans l'ascenseur, elle me voyait emprunté et désireux pourtant de ne pas mettre un terme trop rapide à nos relations, aussi me dit-elle que, si je voulais bien, elle viendrait un jour m'apporter sa carte de visite. Je lui ai suggéré de venir ce soir même : j'allais faire des courses, et je rentrerais dans moins d'une heure.

Au supermarché voisin, auquel on accède en traversant sous la place Venceslas la station de métro dont l'une des bouches s'ouvre juste à côté du passage Lucerna, je circulai entre les rayons, absent comme un somnambule, tout à l'idée que Nadjezda allait venir bientôt chez moi. J'avais les reins lourds, mon impatience me faisait penser à Titus, le chien de ma femme, lorsqu'il a senti dans un parc une femelle à l'odeur capiteuse, et qu'il tire sur sa laisse en dressant la queue. J'étais tout à fait hors d'état de me concentrer sur mes achats, je ne me souvenais plus de ce que je voulais, ce qui fait que j'ai dû oublier certainement des articles tout à fait indispensables à mon confort. C'est de cette façon que je me gâche la vie.

Au moment où je rentrais, mon téléphone a sonné. J'ai décroché sans lâcher mes paquets, après avoir refermé la porte d'un coup de pied. C'était encore un appel d'Ilinca. Je savais que Nadjezda pouvait venir d'une minute à l'autre, et je ne voulais pas la recevoir au milieu de mes emplettes qu'il était urgent de mettre au réfrigérateur. Je parlai donc au téléphone tout en vidant mes sacs. « Tu sais, c'est merveilleux, je pense tout le temps à toi », disait Ilinca. Ah bon ? répondais-je en déposant un paquet de quatre ailes de poulet dans le compartiment à viande. « Oui, je pense tout le temps à toi, c'est fou ! » J'émis une sorte de gloussement, censé exprimer mon contentement d'apprendre une chose aussi flatteuse pour moi, mais j'étais contrarié : la femme de ménage avait mis des légumes dans le bac à fromages. Je dus glisser à la hâte le camembert à côté des carottes, ce qui froissait mon sens de l'ordre. « Tu es tellement doux, j'aime ta chaleur », ajouta Ilinca tandis que je fermais le réfrigérateur et déposais les sacs vides dans le placard sous l'évier. Enfin, assuré que plus rien ne traînait, je pus lui expliquer que j'attendais de manière imminente des invités, et qu'il me fallait hélas mettre un terme prématuré à cette charmante conversation.

En effet, dès que j'eus raccroché et disposé le pain sur sa clayette en bois, Nadjezda a frappé à la porte. Je lui ai ouvert. Elle était accompagnée d'une collègue. Elle ne venait pas m'apporter sa carte de visite, mais me demander si sa collègue pourrait utiliser mes toilettes, parce que celles de l'étage étaient en travaux et ne seraient pas réparées avant le lendemain. La collègue se tortillait sur ses petites jambes, et je ne pouvais deviner si elle était gênée, ou si elle avait une envie depuis longtemps contenue. À peine ai-je eu le temps de lui indiquer l'emplacement de la salle de bains (juste à droite, quand on entre) que Nadjezda l'y poussait avec autorité, pour lui épargner sans doute des remerciements dilatoires. Nous sommes restés seuls.

Je lui ai montré mon petit logis, faisant en quelque sorte les présentations : « Voici mon appartement. » Elle m'a prié de le lui faire visiter. Heliana m'avait enseigné peu de temps auparavant le nom tchèque de toutes les pièces d'une maison, et j'ai donc pu trouver les mots pour lui désigner à chaque station de ce court chemin que nous faisions ensemble : la salle de séjour (« obývák »), la cuisine (« kuchyň »), et à la fin, je la garde toujours pour la fin, la chambre, (« ložnice »). Elle me suivait les bras croisés à la façon d'une inspectrice des monuments religieux, en faisant entendre le heurt de ses hauts talons sur mon parquet, et elle eut un petit sourire quand je l'ai emmenée voir la chambre à coucher, un sourire que je trouvai, ma foi, de bon augure.

L'autre femme est sortie de la salle de bains. Elle m'a remercié d'avoir pu utiliser mes toilettes, avec une gêne manifestement plus grande qu'à son arrivée. C'était une petite blonde aux yeux marron, fade et même insignifiante, face à l'arrogante sensualité de Nadjezda. Elle s'est dépêchée de fuir, laissant sa collègue derrière elle, qui l'avait rejointe sur le pas de la porte. Avant de lui laisser le temps de partir à son tour, je fis remarquer à Nadjezda qu'il était assez tard, et lui demandai jusqu'à quelle heure elle allait encore travailler. J'appris que, ce soir-là, elle participait à une petite fête à l'agence, car c'était l'anniversaire de la patronne. Elle m'a dit au revoir, je l'ai regardée de près dans les yeux, lui ai proposé de venir me dire bonsoir avant de rentrer chez elle. Elle a souri et m'a passé affectueusement le doigt sur le bout du nez.

Je suis allé faire je ne sais quoi, regarder la télévision, ou manger, ou défaire ma valise, dans la plus grande agitation – je rangeais une chaussette, et puis j'allais consulter le programme de mes cent chaînes, je me servais un nouveau pastis. Obsédé par l'idée de Nadjezda, je me disais qu'elle allait revenir, et me faisais des scénarios : je me représentais comment j'allais l'embrasser à pleine bouche, lui empoigner les seins, sauter sur elle, arracher ses vêtements, et la baiser sur le tapis dans l'enthousiasme et la fureur. L'idée du plaisir qu'elle me donnerait me faisait descendre toute la moelle des os dans le bas des reins. Ce que je ressentais aurait pu confirmer aux plus sceptiques l'enseignement de la religion indienne, qui décrit avec précision la montée et la descente du karma tel un ascenseur le long de la colonne vertébrale. J'ai eu un ami indien fort pessimiste sur mon avenir, il s'inquiétait des profondeurs vertigineuses au fond desquelles ce fameux karma s'allait abîmer.

Le désir est terrible, me disais-je, me révoltant contre moi-même. Je sens bien que je suis complètement aliéné, éperonné par ma propre concupiscence, le sang qui afflue dans mon cerveau et suscite ces images de stupre est épais, lourd et noir comme l'eau boueuse d'un fleuve d'Afrique, quand vient la sécheresse. Je tremble un peu, j'ai la fièvre, je serais bien sûr en ce moment incapable de faire quoi que ce soit, de lire quelque chose de sérieux, de travailler. Je comprends pourquoi les moines prennent leurs précautions contre ce genre de rencontres, les rencontres de femmes telles que Nadjezda jusque devant la porte de leur domicile, qu'ils aillent s'enfermer dans des cloîtres – et en même temps je les admire. Mais comment pourrais-je jamais les imiter ?

Moins d'une heure plus tard, on frappait de nouveau à la porte. Mon cœur se mit à battre très fort, c'était Nadjezda. Quand j'ouvris, elle se tenait sur le seuil, dans l'attitude faussement innocente d'une collégienne qui vient demander une permission qu'on ne peut pas lui refuser, et qu'elle fait néanmoins semblant de réclamer avec ferveur. Elle voulait faire pipi. Je m'effaçai pour la laisser entrer dans la salle de bains. En attendant qu'elle eût fini, j'arpentais le couloir, et je l'entendis tirer la chasse d'eau, faire fonctionner les robinets, j'entendis aussi le bruit de ses talons sur le carrelage. Elle sortit enfin, mais ne parut pas résolue à s'en aller tout de suite. Je lui offris un verre qu'elle accepta sans hésiter. Elle devait pourtant avoir déjà bu pas mal, car elle sentait fort l'alcool. On est allés dans le salon. « Qu'est-ce que vous désirez ? » Champagne, dit-elle, d'un ton un peu surpris, cela allait de soi. « Du vrai champagne français. »

Aussitôt que nous eûmes trinqué, je m'emparai de sa bouche, sans prévenir, en homme qui a trop attendu et veut s'attribuer sa récompense. Nous échangeâmes un baiser très glouton, elle était vraiment celle je m'étais imaginée, elle se laissa tripoter les seins qu'elle avait ronds et lourds, et caresser, et même renverser du canapé, tomber sur le tapis, avec une complaisance exquise. Nous roulâmes ensemble sur le sol, je glissai la main sous sa jupe, mais elle ne me laissa pas aller jusqu'au sexe. Elle était à demi nue, son buste de Niobé émergeait, telle une apparition, de sa robe noire, que j'avais dû dégrafer sans même m'en apercevoir.

Elle ne pouvait pas rester. Son patron et ses collègues l'attendaient. Elle se rhabilla, tandis que nous nous caressions encore, avec fièvre. Je lui touchais les seins comme un adolescent en train de peloter pour la première fois de sa vie. De son côté, elle se permit les privautés qu'elle m'avait refusées, et mit la main sans façon dans mon pantalon. Le toucher de mon sexe turgescent et bandé autant qu'une catapulte lui arracha un soupir de marquise. Encore un baiser, à pleine bouche, et elle m'annonça cette fois qu'elle reviendrait.

Je refermai la porte et fis trois pas de danse, heureux de ma bonne fortune, si facile, un cadeau immérité de la Providence. La Providence existe, et il est clair qu'elle se manifeste au grand jour dans ce genre d'affaires. Mais la Providence est gratuite, elle s'adresse de préférence à qui n'en est pas digne, et l'on ne peut tenter de racheter cette sorte d'injustice aveugle qu'en appréciant pleinement ce qui nous arrive de bon. Mais comment apprécier pleinement quelque chose ?

Je dansais en m'apprêtant à savourer cette fête de mon corps, cette fête de mon sexe : il était encore dur dans mon slip et ne demandait qu'à s'employer. On dépend de son sexe, il est vrai, mais aussi à quel point notre sexe dépend de nous, on ne le dit pas assez.

Il était près de dix heures, j'appelai Heliana. J'avais le temps de lui parler. Au pire, si l'autre frappait à la porte, je lui dirais que c'était les gens du bureau d'à côté qui m'invitaient à leur petite fête. Elle n'était pas chez elle. Je laissai un message sur son répondeur : « Je suis à Prague. » Je ne lui dis pas que c'était depuis le début de l'après-midi, et lui laissai croire en somme que j'étais arrivé à l'heure prévue. Je lui demandai de me donner une leçon de tchèque le lendemain soir, on se téléphonerait.

« Mi-e dor de tine (tu me manques) », minaudai-je, pour la bonne forme, une des premières expressions que j'aie apprises en roumain, et qu'une amie m'avait suggérée : si je voulais émouvoir une femme, voire la séduire, il fallait lui dire : « Mi-e dor de tine », ou, si elle était devant moi après une absence : « Mi-a fost dor de tine. » L'expression en question ne peut pas se traduire parce que « dor » est intraduisible, et les Roumains tiennent beaucoup à ce que ce mot soit intraduisible, il fait partie du patrimoine national. En fait, cela évoque dans le cas présent la mélancolie, la douleur sourde de l'absence, et « tu me manques » ou « I miss you » est un peu faible par rapport à « Mi-e dor de tine ». Mais comme cette expression est très utilisée, elle s'est usée. J'ajoutai : « Styská se mi po tobě », pour montrer que je n'avais pas complètement perdu mon tchèque pendant mes courtes vacances. Néanmoins tous les Roumains qui parlent tchèque diront que « Styská se mi po tobě » n'a pas la force de « Mi-e dor de tine ».

Quand Nadjezda est revenue, elle était habillée pour sortir, elle avait son imperméable, elle est entrée vite, en baissant la tête. Elle avait dû dire à sa patronne et à ses collègues que bon, il était tard, elle retournait chez elle, et aussitôt passé le petit morceau de couloir au fond duquel se trouve le bureau de l'agence, hop, elle avait tourné à gauche et battu des ongles contre ma porte.

Je n'ai jamais vu ce bureau de tourisme que de l'extérieur. À l'époque où je négociais la location de mon appartement, Andrea, l'amie grâce à laquelle je l'avais trouvé, une fille aux longs cheveux et aux longues jambes, mais au visage plein de boutons, m'avait emmené voir les toits compliqués de Lucerna. Nous avions franchi une porte dont Andrea avait la clé, monté des marches d'escalier, et nous nous étions promenés sur une vaste terrasse, entourée d'une balustrade, du même style que celle qui couronne le toit de l'immeuble de Stepanska, mais plus bas, au milieu du passage, derrière le cinéma. De là, on voyait mon petit balcon et mes fenêtres, au-delà du toit pentu du cinéma, et, à côté de mon balcon, l'unique fenêtre de l'agence. J'avais vu les silhouettes des gens qui y travaillaient, de petits personnages penchés sur des ordinateurs, comme dans une maison de poupée moderne. Peut-être y avait-il aussi Nadjezda, mais je ne le savais pas.

Je l'ai entraînée tout de suite dans ma chambre. J'avais trop envie d'elle pour m'attarder encore aux préliminaires, ou faire l'amour sur mon canapé étroit. Cette fois, elle était ivre, elle me suivit, mais réclama le champagne, et dit en ricanant : « Je ne veux pas faire l'amour ! » On versa le champagne et je la renversai sur le lit, sur mon immense lit qui a supporté mes amours de toutes sortes, et a été cependant naguère mon lit conjugal. Elle disait : « Je ne veux pas faire l'amour ! » en chantonnant, sur tous les tons, en faisant les mouvements de bras d'une cantatrice sur une scène d'opéra. Dans le même temps, elle se laissait parfaitement faire, je la déboutonnai sans qu'elle offrît la moindre résistance, et même elle jeta sa robe en l'air tout en disant : « Je ne veux pas faire l'amour ! » Elle embrassait à la façon des héroïnes de films, avec passion et langueur, et aussi beaucoup de dextérité, de savants mouvements de langue. Elle fut bientôt nue : un corps tout à fait sculptural, comme on pouvait le deviner même quand elle était habillée. Sa peau bronzée était granulée.

J'étais enthousiaste. Je la regardai longuement, tel un général scrutant la plaine vallonnée où il va engager une bataille décisive, du moins je le suppose. Je lui écartai les cuisses, et j'eus ainsi son sexe devant moi, éclairé par la faible lumière de ma lampe de chevet : il était surmonté d'une petite touffe de poils roux.

Nadjezda était russe. Elle faisait l'amour à la cosaque, en me chevauchant sauvagement. Nous parcourions des steppes où soufflait un vent rapide et chaud. Elle secouait la tête, les yeux fermés, en se mordant les lèvres, poussait des cris de guerre. Elle criait si fort que je me demandai ce qu'en pensaient les fêtards du bureau d'à côté.

Après, on a fait un peu de conversation. Je suis allé chercher un dictionnaire. Elle me dit que les Tchèques n'aiment pas les Russes. Très difficile pour un Russe de vivre chez les Tchèques. Elle parlait lentement, en répétant les choses et en articulant chacun de ses mots. Je ne savais pas si c'était pour m'aider à suivre ses propos, ou bien en raison de son ivresse : elle était tout à fait ivre en effet, et hochait la tête à chacune de ses phrases. Les Tchèques n'aiment pas les Russes. Elle était soûle à la manière des Russes, j'imagine, c'est-à-dire capable de boire encore, et lucide. Elle me dit solennellement : « Už nechci, bylo to naposled », et comme je ne comprenais pas et qu'elle parlait solennellement, nous avons cherché dans le dictionnaire. Son doigt hésitait le long des pages, son long doigt fin à l'ongle verni de rouge sang, qui griffait la surface du papier de la manière dont elle m'avait griffé tout à l'heure la poitrine. Enfin, je trouvai : « Je ne veux pas que ce soit la dernière fois. » Elle répéta, avec un accent à couper les pierres : « Ladurniairfwa », esquissant un geste de la main, pour écarter une malédiction. Je m'empressai de dire, et j'étais sincère, que ce ne serait pas la dernière fois. Pourquoi me priver des joies d'un pareil voisinage ?

Elle jouait avec mon sexe et le regardait en connaisseuse, comme un godemichet qu'elle eût trouvé sur une étagère de sex-shop. Elle disait que j'avais une jolie bite. « Est-ce que ta copine t'a dit que tu as une jolie bite ? » me demanda-t-elle soudain. Du fond des brumes de son ivresse avait jailli quelque interrogation fondamentale à laquelle il était urgent de répondre, autant que d'éteindre un feu. Je ne pensai pas que Heliana, si pudique au moins dans les mots, m'eût jamais dit une chose pareille. « Alors, elle est stupide », lança Nadjezda, dont l'injustice s'expliquait sans doute par la jalousie.

Je n'avais pas pu lui cacher que j'avais en effet une amie. Il m'avait paru préférable de ne pas la détromper, quand elle me dit d'un ton soupçonneux qu'elle m'avait vu avec une blonde. Je lui avais répondu d'abord que c'était mon professeur de tchèque, et j'ai pensé ensuite qu'il valait mieux dire toute la vérité afin d'éviter qu'elle prît des habitudes de voisine. Elle continuait à me manipuler le sexe au point que j'arrivai au bord de l'extase, mais elle s'arrêta à temps en disant, tout au contraire de ce qu'elle avait dit au début : « Je veux faire l'amour. » Et elle revint se mettre à cheval.

Très tard dans la nuit, elle se rhabilla, appela un taxi et partit.

Le lendemain matin, je me suis éveillé dans ces dispositions plaisantes d'après les nuits de plaisir. Je me souvins d'un distique de Baudelaire : « Les amants des prostituées, Sont heureux, dispos et repus ». Ces vers, la première fois que je les avais lus, m'avaient paru contraire à toute logique. On est repu quand on a mangé, ingéré, on ne peut être repu lorsqu'on a au contraire effectué une dépense, gaspillé son sperme et son énergie. Cependant, dès lors qu'on a éprouvé une telle sensation au réveil, on ne peut qu'admettre cette contradiction. Dispos, parce que le corps et l'esprit se sont libérés de la tension qui pesait sur eux auparavant. Repus, parce que le vide qu'a créé le désir dans sa violence, comme un cyclone intérieur, est enfin comblé.

Je m'examinai dans le miroir de la salle de bains. J'avais le visage fripé, de grands cernes sous les yeux, et toutes les marques de l'âge soulignées par le manque de sommeil et l'abus d'alcool. Un soir, il y avait une quinzaine de jours, alors que j'avais eu un accident de voiture et que je montrais mon permis de conduire à l'agent de police, Heliana avait regardé la photo qui y était attachée et s'était exclamée : « Tu étais beau quand tu étais jeune ! » Et puis, elle s'était reprise : « Enfin, quand tu étais *plus* jeune. » Sur la photo, j'avais dix ans de moins, j'étais bronzé, c'était l'époque où je vivais au Maroc, tout un monde anéanti, donc, englouti au fond de la mer, dans le silence abyssal du passé révolu.

Encore mal éveillé, je téléphonai à Heliana. Le répondeur, une fois de plus. Je ne laissai pas de message. La joie du réveil, la satisfaction rétrospective de cette conquête inattendue et facile, la sensation voluptueuse de la chair magnifiée par le plaisir, tout cela fut assombri comme par un nuage qui serait passé là de façon inattendue, dans un ciel serein. Que faisait donc Heliana ? Il était tôt, elle aurait dû être chez elle à cette heure-là.

Alors que je franchissais le seuil de l'appartement pour aller travailler, j'entendis sonner le téléphone. Mon cœur bondit, ce devait être elle. Je laissai tourner le répondeur, pour entendre le premier sa voix, mais ce n'était qu'Ilinca. Elle me disait bonjour, qu'elle s'était endormie en pensant à moi, et qu'elle s'était éveillée en pensant à moi. Je la laissai parler à la cassette, qui en avait entendu d'autres et se déroulait, indifférente.

Sur le palier, je croisai Nadjezda sortant de l'ascenseur. Depuis que j'habitais Lucerna, c'était la première fois que je la rencontrais à cet endroit. Peut-être était-elle en retard ce matin-là. Elle était belle et joliment maquillée, aucune trace de cette nuit ne se voyait sur elle. Elle me dit bonjour, puis : « bolí mě hlava ! », en me montrant d'une main son front et de l'autre un cachet d'aspirine. Elle devait avoir, en effet, une sacrée gueule de bois Nous hésitâmes un peu, fallait-il nous embrasser ? Nos caresses avaient été improvisées dans l'affolement des circonstances, elles ne succédaient pas à une intimité conquise à force de patience (j'avais mis presque deux mois avant de faire l'amour à Heliana la première fois). Je me contentai de lui sourire et lui souhaitai une bonne journée.

J'allai au bureau dans une disposition d'esprit fâcheuse. Les choses, là-bas, se passèrent plutôt mal. Dès le matin, j'eus un coup de fil de l'ambassadeur, qui était furieux parce que l'un de mes collègues ne lui avait pas préparé son discours pour une remise de prix dans un lycée. Je ne savais pas très bien de quoi il était question, il m'était difficile de répondre, et je l'entendais tempêter : « Je n'aime pas ça, je n'aime pas ça. » Et *bouf*, comme dit Heliana, il raccrocha.

Heliana parle beaucoup de langues, en pratique chaque jour au moins trois différentes et, du coup, elle s'est trouvé des interjections à elle, n'appartenant ni au roumain, ni à l'espagnol, ni au français, ni au tchèque. Par exemple, elle dit *hmmp*, ce qui signifie *hop*, ou quelque chose d'approchant ; elle dit aussi *brrrr*, parfois, et cela ne veut pas dire qu'il fait froid, c'est plutôt l'équivalent français de *mmm*, lorsqu'elle a mangé un plat délicieux. Elle a plaisir à imiter aussi les bruits qu'elle a entendus, et s'en sert pour illustrer une histoire qu'elle raconte, du genre *piouuu, tchzizzz, palapala*. Ou « *biiip*, c'était Fréquence libre Europe ». Enfin, son expression favorite est *bouf*. *Bouf* veut dire beaucoup : *clac, boum, tchac, pchrrr*, ou peut signifier des sentiments parfois très subtils, comme le léger tassement subi par une personne apprenant une mauvaise nouvelle : « J'ai parlé à ma mère et là, *bouf*, elle m'a dit que l'arbre centenaire de notre jardin à Bucarest s'était effondré d'un seul coup, *bimmp*. Mauvais présage ! »

Donc, *bouf*, il raccrocha.

Pendant que l'ambassadeur allait remettre les prix à son lycée et improviser dans la fureur le discours qu'on ne lui avait pas écrit, j'ai ramassé la pile de dossiers qui traînaient sur mon bureau, et j'ai commencé à les étudier.

Dès que j'eus un moment de répit, j'appelai chez Heliana. En vérité, ce n'était pas un moment de répit, j'annonçai juste à mon assistante, Christiane, qui était en face de moi et avait beaucoup de choses à voir avec moi, qu'il fallait absolument que je téléphone. Elle attendait, pendant que moi, j'entendais la voix de Heliana disant, en tchèque, qu'elle n'était pas à la maison, mais que, après le bip sonore, si l'on voulait, on pouvait laisser un message, et ensuite, elle, elle rappellerait, ce que précisément elle ne faisait pas. Cette fois, je lui laissai un message. En effet, ma secrétaire m'avait fait penser que j'avais ce soir-là un vernissage, et ensuite une réunion d'association à laquelle je devais aller. Il était donc difficile d'avoir notre leçon de tchèque. Je lui dis tout cela, mais j'ajoutai : « Téléphone-moi, surtout, on essaiera au moins de se voir après. »

Christiane attendait, avec un peu de nervosité, car elle est toujours ainsi, tendue, inquiète, bien qu'elle le nie. J'ai beau lui dire, ne t'inquiète pas, Christiane, ne sois pas stressée, elle me répond qu'elle est calme, qu'elle n'est pas stressée. Elle baisse la voix d'un demi-ton : « Mais ne vous inquiétez pas, monsieur Dolet, je suis calme, je ne suis pas stressée », elle suggère que c'est moi qui m'inquiète pour rien, en somme.

Je ne savais pas grand-chose sur elle, avant la venue de Paul, le directeur d'une galerie parisienne, pour le montage d'une exposition. Petit, maigre, toujours habillé de noir, à demi chauve, il a un nez en lame d'acier, un nez Opinel. N'étant pas très beau, il compense ce défaut par l'intérêt qu'il semble porter aux femmes pour elles-mêmes, et pas seulement pour ce qu'il y a sous leurs jupes. Sans doute est-il sincère. Elles le lui rendent bien, et lui font des confidences, parce qu'il parle avec aisance, il a de l'humour et de la gentillesse. En deux jours, il savait quantité de choses sur Christiane, dont j'ignorais tout, alors qu'elle travaillait à l'ambassade depuis six mois : sa mère était française, son père maghrébin, son enfance n'avait pas été facile, mais pas du tout, son père était parti quelque part sans donner de nouvelles, et elle en avait beaucoup souffert. Comment et pourquoi elle était venue dans ce pays, dont elle parlait la langue, et où elle avait vécu avec un petit ami tchèque encore plus jeune qu'elle – elle avait vingt-six ans –, Paul pourrait le dire mieux que moi.

Quand j'ai fait la connaissance de Christiane, elle s'occupait de catalogage au musée des Arts décoratifs. C'est un joli petit personnage : à la voir, on pense qu'elle est du sud de la Méditerranée, peut-être de Sicile, tant ses yeux et ses cheveux sont noirs. Elle a des yeux très grands, elle est souriante en général, d'un sourire d'ailleurs plutôt tendu, un sourire de façade, et son sourire ne monte jamais jusqu'à ses yeux, impénétrables.

Elle était assise derrière mon bureau, très mince, fluette, dans son pull-over bleu qui s'arrête au ras de la ceinture, une large ceinture noire à la boucle argentée. Une nuit, j'avais rêvé d'elle : elle était nue, dodue, et avait des poils sur l'arrière des cuisses. Elle flottait en l'air, un peu de travers.

La matinée avait passé, et je décidai de rentrer chez moi pour déjeuner, car j'habite tout près de mon bureau. Je n'avais pas envie de voir Nadjezda, et je me faufilai discrètement jusqu'à ma porte, en espérant ne pas la rencontrer. Je me précipitai sur le répondeur, et j'écoutai de nouveau la voix de Heliana : « Ton joli appartement et ta nouvelle télé te souhaitent la bienvenue à Prague. » Ensuite, il y avait la version tchèque, et puis elle faisait : « *Biiip*, c'était une émission spéciale de Fréquence libre Europe. » Une gaminerie, bien sûr, Heliana a parfois de ces côtés enfant, un peu agaçants à vrai dire. Une fois, elle a voulu que je la porte sur mon dos pour traverser l'appartement, et elle y tenait beaucoup, ça avait l'air très important pour elle. J'avais protesté. Pourquoi donc veux-tu que je te porte sur le dos ? Elle s'était déjà accrochée à mes épaules, je ne voyais pas son visage, ni quelle expression elle avait. Elle me donna un coup de poing léger dans les côtes, et me dit : «Hai, hai, nu discuta!» C'était d'un ton sans réplique, et je l'emmenai ainsi dans ma chambre, elle était devenue mon fardeau.

Le début du message étant un peu tronqué, je voulus réécouter pour savoir s'il n'y avait pas quelque indice. Je dus en passer à nouveau par le discours de l'homme inconnu, peut-être était-ce une affaire importante, ou, qui sait, quelque trafic interdit, l'autre me remerciait, il aurait fallu que je lui téléphone. Puis de nouveau Ilinca (à peine l'avais-je quittée que je lui manquais déjà) et enfin Heliana. Je réussis à me convaincre qu'il n'y avait rien de particulier dans le début du message, rien en rapport avec le fait qu'elle ne me téléphonait pas. Je pouvais même déduire d'après la version tchèque ce qui manquait dans la version roumaine. Je l'écoutais faire *Biiip*, le *Biiip* annonciateur de la version claire et même solaire de Heliana, un *Biiip* si affectueux et souriant que je ne pouvais pas le faire correspondre avec une autre Heliana, une Heliana sombre et fourbe, sachant que j'étais rentré hier soir, et faisant exprès de ne pas m'appeler, pour me faire souffrir.

Je sonnai de nouveau chez elle. Le répondeur. Une phrase neutre, pour tout le monde, «je ne suis pas à la maison, mais vous pouvez laisser un message», et je lui dis : Heliana, qu'est-ce qui se passe? Je suis rentré déjà depuis hier soir, appelle-moi donc.

Je suis très facile à joindre puisque j'ai mon portable, ma ligne directe au bureau, et mon téléphone chez moi avec mon répondeur. Je peux renvoyer les appels de l'un à l'autre, et j'ai aussi une messagerie vocale sur mon portable. Il est donc impossible de ne pas me parler. Tous ces appareils me faisaient penser à cette sonde spatiale qu'on envoie au bout de l'univers attendre vainement dans le silence intersidéral que parvienne jusqu'à elle un message improbable. Une sonde aux multiples micros perfectionnés, hypersensibles, si sophistiqués qu'ils intercepteraient le battement d'une aile à l'autre extrémité de la création. Rien ne s'entend cependant, et tous les techniciens à l'écoute, tentant de déchiffrer les bruits qui ne sont que des bruits sans signification, répondent par la négative, comme le ferait ma secrétaire, lorsque je lui demande si, oui ou non, Heliana a appelé.

Dans l'après-midi, j'essayai de joindre Mattei à la radio. Il était possible qu'il ait de ses nouvelles, qu'il sache où elle était, pour deux raisons :

1. La dernière fois que nous nous étions vus, tous les trois, elle cherchait un travail plus régulier que celui d'interprète sur les plateaux de cinéma. Elle traduisait, du tchèque en français pour les équipes françaises venant tourner ici; elle aimait ça, parce que c'était une occasion de voir des gens, et surtout de parler. Heliana est très sociable, elle a besoin de faire la conversation du matin au soir, dans toutes les langues. C'est une bavarde-née, elle est d'une loquacité inextinguible, elle ne perd jamais une occasion, elle me plante là pour aller téléphoner dès qu'elle aperçoit une cabine, près du cinéma où nous étions en train de regarder les photos du film sur le panneau d'affichage, ou bien, maintenant qu'on se voit très

souvent, qu'on part en week-end ensemble, elle m'emprunte mon portable, et la voilà qui commence dans la voiture une conversation en espagnol, avec Clementina, par exemple, la consule d'Espagne.

J'ai écrit « maintenant qu'on se voit très souvent, et qu'on part en week-end ensemble », mais ce maintenant-là est-il encore un maintenant ? Ce maintenant est peut-être une illusion, puisque Heliana ne m'appelle pas, elle ne veut plus me voir, il faudrait parler au passé de ces week-ends et du fait qu'on se voit tous les jours, et pleurer ?

Mattei lui avait demandé si elle connaissait quelqu'un de sérieux, quelqu'un parlant tchèque et si possible roumain, pour venir travailler à la section roumaine de Fréquence libre Europe. Ce n'était pas un travail très prenant, très difficile, dès le début dc l'après-midi la personne serait libre, et moi, j'avais suggéré à Heliana que ça pourrait être un emploi pour elle. Elle ne pensait pas, parce qu'elle avait d'autres perspectives, mais elle irait voir, au moins par curiosité. Elle pouvait donc bien être allée voir pendant que j'étais en vacances, comme le laissait à penser le message qu'elle m'avait laissé sur mon répondeur, avec le *Biiip* qu'elle avait dû entendre dans les studios. Au moment où la lumière rouge s'allume pour indiquer que l'enregistrement va commencer, peut-être y a-t-il un *Biiip* qui se déclenche, à Fréquence libre Europe, pour accompagner le geste du technicien de l'autre côté de la vitre.

2. Avant que je parte en vacances, elle m'avait dit que Mattei lui avait demandé de l'aider à acheter des lunettes. Il ne parle pas un mot de tchèque, ou du moins juste pour déchiffrer la carte du restaurant, et encore prend-il toujours les mêmes plats, les trois ou quatre plats dont il sait les noms. C'est pourquoi il est dégoûté des restaurants, et préfère faire ses courses au supermarché, où rien n'est plus facile que de reconnaître une aile de poulet sous cellophane.

Il avait ajouté que Heliana pourrait même le conseiller sur le choix de ses montures. Je me souviens qu'à cette occasion, j'avais plaisanté Heliana, en lui disant qu'elle profitait de mon départ pour aller se promener avec Mattei, ou quelque chose d'approchant. Et, à ma grande surprise, elle s'était mise à pleurer, nerveusement – comme on peut avoir un rire nerveux, elle avait eu un sanglot nerveux.

C'était surprenant, parce que, moi, j'avais fait cette remarque surtout pour lui faire plaisir, une façon de montrer que j'étais un peu jaloux, et donc que je tenais à elle. Je sais bien que je n'avais pas à fournir ce genre de preuves, étant donné que ma relation avec Heliana n'avait sans doute pas d'avenir, mais je ne voulais pas non plus avoir l'air indifférent, lui laisser entendre que ce qu'elle pouvait faire pendant mon absence ne concernait qu'elle et m'était égal. À l'instant même où je prononçais cette phrase, j'avais pensé que je disais une bêtise, au risque de nous engager sur ce type de conversation que je tiens en principe à éviter, du genre : « Ah, bon, tu es jaloux, tu tiens donc à moi », etc. Mais je m'étais rassuré aussitôt, ce genre de choses, qu'aurait dites Ilinca, n'est pas dans la manière de Heliana.

Heliana, j'y repense maintenant, était dans des dispositions plutôt fâcheuses avant mon départ. Elle se disait dépressive. Cette question de travail l'inquiétait. Elle était sollicitée sur les plateaux de manière irrégulière, et dépendait des tournages qui pouvaient se faire rares, à certaines époques. L'idée de chercher un emploi l'agaçait, elle estimait qu'on ne lui proposait pas des salaires assez élevés, et puis, il y avait plus de cinq ans qu'elle était à Prague, elle aurait voulu retourner chez elle, retrouver son pays, sa famille.

– En cinq ans, qu'est-ce que j'ai réalisé ici ? Rien !

Cette idée surtout lui faisait du mal, l'idée que sa vie avait continué à avancer sur la route que le temps nous trace, à glisser en avant en suivant son petit bonhomme de chemin (on dit que le temps passe vite, mais il prend son temps, tout de même), elle avait suivi des équipes de tournage, elle avait eu des amitiés ou, qui sait, des amours – là-dessus, elle avait toujours été très discrète avec moi –, elle allait au cinéma avec Clementina et son mari, dont elle gardait l'appartement quand ils partaient en congé, ou les suivait l'été à Alicante où ils avaient une villa. Elle vieillissait doucement, elle abordait maintenant ses trente-deux ans, et se disait qu'il ne restait rien de tout cela, que sa vie s'écoulait comme du sable, et comme du sable se répandait au hasard, s'envolait et se déposait çà et là au gré du vent de la mémoire, formait de petits tas menus : des souvenirs, fragiles et insignifiants.

Voilà ce qu'elle m'avait expliqué, ou tenté de m'expliquer, peut-être même avait-elle eu l'intention de me dire d'autres choses sur sa vie que je connaissais très peu, car elle avait ajouté qu'il fallait que nous parlions un jour, plus tard. Ces larmes nerveuses qui lui avaient mouillé les joues lorsque j'avais fait semblant d'être jaloux de Mattei n'avaient sans doute rien à voir avec sa recherche d'un travail.

J'avais écouté sans grande attention, et je n'avais pas donné suite à sa proposition de confession parce que j'ai toujours beaucoup de mal à me représenter que les gens qui m'entourent de près, qui m'apportent de la joie, de l'affection ou de l'amour, puissent avoir leurs propres problèmes, des difficultés personnelles, en somme exister indépendamment de moi. C'est une sorte d'infirmité dont je souffre : je les considère comme des silhouettes dépourvues d'épaisseur, cessant de vivre dès qu'ils ne sont plus en ma présence. Je suis dans la vie tel un spectateur dans son fauteuil, les autres se montrent à moi, ils bougent, ils parlent, ils s'agitent, ils font des gestes, ils se livrent à mes plaisirs, ils m'irritent ou me peinent, mais ce sont des êtres évanescents, sans arrière-plan, sans monde intérieur, ils s'évanouissent dès qu'ils ne sont plus devant moi. Au fond, je zappe sur les gens de la manière dont on zappe à la télévision.

Je me souviens d'un ami – un ami, c'est beaucoup dire, une relation quelconque – qui s'étonnait que ses enfants fussent capables de regarder plusieurs films à la fois. Ils passaient d'une chaîne à l'autre, renouaient néanmoins le fil des histoires, sans se perdre. Lui trouvait cela un peu monstrueux, comme si ses enfants étaient devenus différents, doués de qualités nouvelles, de capacités inédites, des êtres pour ainsi dire intermittents : ils auraient perdu le sens même de leur continuité ontologique. Vous vous rendez compte, disait-il, ils suivent une histoire d'amour, et hop, ils sautent à un polar, puis à un dessin animé, et si vous leur demandez de raconter, ils peuvent rétablir les passages qu'ils ont sautés, ils sont tellement habitués à voir des films qu'ils savent tout reconstituer. Ils ne sont pas pris par les histoires, ils n'entrent pas dedans, ce sont des robots, ils pourraient récrire des contes de fées s'il arrivait un jour que ceux-ci disparaissent dans quelque tourmente, et qu'on n'en retrouve que des fragments épars. Ils ne croient pas aux histoires, pour eux, les personnages n'ont pas d'existence, ce sont des mécaniques dont ils savent démonter les rouages, rien n'est susceptible dans ces conditions de leur apporter de l'émotion, et quand ils voient des acteurs pleurer, ça les fait rire.

Peut-être suis-je un monstre moi aussi, peut-être que je ne crois pas tout à fait aux personnages qui m'entourent, et à leurs chagrins – ou, inversement, au fait que je pourrais être pour eux aussi peu essentiel qu'ils le sont pour moi. Comment imaginer, par exemple, que je puisse n'être qu'un personnage de second plan, quelqu'un d'accessoire dans la vie de Heliana ? Impossible. C'est pourquoi il m'arrive, parfois, de m'inquiéter, de me considérer comme un être auquel il manque quelque chose – mais quoi ? Il est vrai aussi que j'ai peur de souffrir, au point que je préfère ne pas croire à la souffrance.

J'appelai donc Mattei. Je tombai sur le répondeur de Fréquence libre Europe, une voix d'hôtesse qui expliquait en anglais qu'on pouvait ou bien envoyer un fax en appuyant sur la touche * ou bien, en appuyant sur la touche #, laisser un message dans la boîte vocale. Je n'avais pas besoin de laisser un message dans la boîte vocale, parce qu'en fin de matinée, j'avais déjà envoyé un courrier électronique à Mattei pour lui dire que j'étais revenu, que tout allait bien, que je souhaitais le voir. Puis j'avais ajouté, négligemment, en post-scriptum, une petite phrase de poids pour moi : « Tu as des nouvelles de Heliana ? »

Je téléphonai chez lui, mais sans succès.

Je demandai à ma secrétaire de faire le numéro du consulat d'Espagne. On me dit que Clementina était malade, qu'elle reviendrait travailler le lendemain matin. J'appelai chez elle. Pas de réponse.

J'allai vers six heures, avec Christiane, à un vernissage dans une petite galerie de la vieille ville, située au coude d'une ruelle faiblement éclairée où sonnaient les pas des invités qui affluaient. C'était une vaste pièce carrée, blanche, sur les murs de laquelle étaient accrochées les toiles d'Asperghi.

Asperghi a été un peintre très célèbre dans les années soixante-dix. Par la suite, la cruauté du temps et du marché de l'art l'a effacé de la couverture des magazines. Ses toiles se sont vendues de moins en moins, et comme ce n'est pas un marchand, et qu'il n'a pas eu la chance d'avoir une galerie pour bien s'occuper de lui, il vivote à la façon d'une curiosité de l'histoire de l'art. Le directeur de la galerie praguoise qui l'avait invité avait encore, lui, une véritable admiration pour l'artiste.

C'étaient de grandes toiles bleu et noir, avec des personnages et des revolvers mis en scène à la façon des bandes dessinées. Il y avait des perspectives, des fenêtres donnant sur des extérieurs énigmatiques, des escaliers dont les marches descendaient en tournant vers des lieux inconnus. Des femmes aux cheveux bouclés, aux gants longs et noirs semblaient coupées par le cadre du tableau, et l'on ne distinguait qu'une partie de leur dos nu, surgi de robes d'un bleu métallique. Les hommes avaient des visages cruels, mangés par d'énormes lunettes de soleil, et fumaient des cigares. On distinguait aussi, sur des tables basses, d'intrigants téléphones qui ne sonneraient jamais.

Entre les tableaux, le verre à la main, les gens évoluaient avec lenteur, échangeaient des impressions. Asperghi parmi eux, modeste. Il avait lui aussi des lunettes noires et un chapeau qui le faisaient remarquer. Il était maigre et paraissait terriblement vieux, malgré sa tenue excentrique, ses espadrilles et son costume foncé.

J'ai dû quitter le vernissage pour aller à une réunion. Mais plus tard, j'ai retrouvé au restaurant le directeur de la galerie, Asperghi et sa femme, une jolie femme, un peu grasse, avec une épaisse chevelure toute bouclée et dorée (une chevelure comme doivent en avoir les princesses dans les contes), une bouche épaisse, de jolies dents, et des yeux couleur de miel. J'ignorais son âge mais elle me glissa dans la conversation qu'elle avait une fille de vingt ans, chose surprenante tout de même. Elle était douce, drôle, et parler avec elle m'a fait du bien. Nous étions l'un à côté de l'autre à table, et elle me disait que j'avais de la chance d'être ici, à Prague, dans cette ville qui semblait, ce soir, contempler dans le long miroir du fleuve ses lourdes draperies de pierre sombre et le scintillement exquis de ses bijoux de lumière. Je lui dis que j'étais en effet heureux, et me gardai bien de lui avouer qu'il me manquait quelque chose, lui avouer à elle surtout, dont je devinais combien elle devait redouter l'heure prochaine où sa riche beauté automnale allait subir les premières atteintes de l'hiver. Sans doute les avait-elle senties, déjà, mais elle savait qu'elle pouvait encore les dissimuler dans le joli bruissement de sa présence et les rires dont elle agrémentait sa conversation.

Moi, je souffrais trop pour m'intéresser à ce qui se passait autour de moi.

C'est beaucoup dire, cependant, que je souffrais. Il ne faut rien exagérer. Je n'étais pas abandonné, Heliana ne m'avait pas téléphoné, voilà tout. J'avais interrogé le répondeur de mon domicile en me servant, dans la rue, de mon téléphone mobile, pendant que j'allais du vernissage à la réunion, et il n'y avait rien, juste les messages conservés sur la bande, et que je sautai l'un après l'autre en appuyant sur la touche 3, à l'exception de celui de Heliana, que je connaissais maintenant par cœur, et auquel il manquait un ou deux mots ou plus peut-être au début.

Après, je trouvai un nouveau message d'Ilinca, elle me disait qu'elle aimait ma voix, la voix qu'elle entendait sur mon répondeur, et que j'avais une belle voix, et du coup, j'ai appuyé, hop, sur la touche 3, pour passer au message suivant, mais il n'y avait pas de message suivant. D'ailleurs, Heliana aurait pu m'appeler sur le mobile, je l'avais gardé tout le temps dans ma poche, allumé, même pendant le vernissage. Je ressentais une espèce de gêne dans l'estomac, un poids dans le ventre, et puis, surtout, l'impression de ne plus être en contact avec le monde environnant, comme s'il y avait une sorte de voile qui s'interposait.

Difficile de décrire de telles sensations.

Cela me fait penser, par association d'idées, qu'il est aussi difficile de décrire la jouissance sexuelle. Une fille m'avait demandé un jour que je lui explique ce que c'était de jouir pour un homme. Alors, quoi, une espèce de courant électrique parcourant le ventre et l'intérieur des cuisses, et si c'est très fort, ça prend derrière les mollets, et même jusqu'à la plante des pieds – on peut aussi avoir des frissons dans la nuque. J'aurais bien voulu la renvoyer à un auteur décrivant la jouissance. Un paysage, une chute d'eau, un coucher de soleil, ils savent. Une caravane dans le désert, un ciel étoilé, on trouve de quoi faire des anthologies. La condition des mineurs en France au XIXe siècle, la chasse au renne, au Canada, et même le récit d'un viol collectif dans la banlieue de New York, rien n'échappe aux écrivains. Mais je n'en connais pas qui montre comment on jouit, c'est sans doute considéré comme banal, et cependant il y a des femmes, et pas seulement des jeunes filles, pour se poser la question.

Donc, le sentiment qu'on éprouve quand une femme ne nous a pas téléphoné au moment où il fallait, c'est bien connu et raconté par les auteurs, mais pas assez la manière dont ça se passe physiquement. Il y a une réaction chimique, à mon avis. Chez le type qui découvre, *bouf*, que la femme qu'il aime en aime aussi un autre, et a sous les yeux le fameux indice, la preuve irréfutable, il se produit une réaction violente, une substance sécrétée par quelque glande lui envahit le sang. Cela a lieu aussi, à un moindre degré, quand on attend en vain un coup de téléphone.

De la même façon, par exemple, qu'après une piqûre, quand on injecte un liquide quelconque destiné à insensibiliser, les réflexes et les impressions ne sont plus les mêmes. Ce liquide répand en nous et autour de nous une espèce de brume, il provoque une très légère paralysie dans les muscles ainsi qu'un ralentissement insidieux du cerveau. La preuve, c'est que si Heliana m'avait téléphoné à ce moment-là, j'aurais tout de suite ressenti la volatilisation subite de cet agent chimique, et j'aurais recouvré sur-le-champ mes capacités d'agir et de penser, j'aurais senti mon cœur battre de nouveau à un rythme normal, le monde serait redevenu limpide autant qu'un matin en montagne.

Il existe des téléphones qui ne sonnent que pour certains appels codés, et je m'étais dit qu'à mon retour de vacances j'expliquerais cela à Heliana. Elle composerait mon numéro suivi d'un chiffre connu d'elle seule, et alors, je saurais tout de suite que c'est elle, que ce ne peut être qu'elle, et je pourrais lui répondre en toute certitude, mon téléphone filtrerait les appels, séparerait le bon grain de l'ivraie, j'aurais une ligne du cœur, un téléphone rouge comme en ont les hommes d'État.

Vers onze heures, j'ai fait mes adieux à la belle Mme Asperghi et à son mari, et je suis rentré. En quelques minutes, j'étais arrivé rue Vodickova. Il y avait encore foule, des gens attendaient le tramway, d'autres débordaient du trottoir encombré par un chantier. Au lieu de rentrer dans le passage, j'ai poussé jusqu'à la place Venceslas. Au coin de la rue, assises sur une petite barrière après le café de Paris, il y avait des prostituées, posées là comme des colombes sur leur perchoir.

Bien des gens pensent que la prostitution à Prague est un triste effet du retour à l'économie de marché. Poussées par le besoin d'argent ou le désir d'en gagner vite, de jeunes et jolies Tchèques se livreraient aux mains avides de vilains touristes, venus ici satisfaire frénétiquement leur vice. Cela n'est pas vrai. La prostitution ne date pas d'hier : attestée de tout temps, elle fait partie au contraire du paysage praguois. Comment concevoir la beauté mystérieuse de cette ville, l'inquiétant dédale des rues brumeuses, le halo des réverbères, et l'ombre d'un homme qui se hâte vers sa perte certaine, tandis que ses pas résonnent contre les hauts murs pâles – sans les silhouettes éparses des filles de la nuit traînant au long des trottoirs leur filet de rêves, où se prennent parfois les chalands.

Et puis elles ne sont pas forcément jeunes, ni jolies – ni même tchèques, au demeurant. Qu'importe ! Ce qui compte, c'est qu'elles sont là, il n'est pas besoin pour obtenir leurs faveurs de longs discours, de dîners interminables à la lueur d'une bougie n'en finissant pas de s'éteindre, et le seul argument dont elles se contentent consiste en un ou deux billets pliés qu'on leur glisse avant ou après le service, selon qu'on leur est plus ou moins familier.

Il faut en finir avec tout ce qu'on raconte sur les prostituées, ce n'est jamais qu'un travail comme un autre. Je citerai le témoignage d'Anita, une tzigane aux yeux plus obscurs que l'escalier d'un hôtel borgne. Elle me faisait des tarifs dégressifs selon le nombre de fellations. On est allés jusqu'à quatre, cinq, et elle pouvait encore : elle me montrait ses mâchoires, qu'elle avait solides, à toute épreuve, disait-elle, et elle faisait face à la besogne. Je fatiguais, et je prenais pitié d'elle. Mais elle me rassurait : « Pas de problème, je peux, je peux ! » et elle s'y remettait. Je passais parfois des cassettes pornographiques, pour m'entretenir l'imagination. Pendant les pauses, elle regardait les filles qui suçaient comme elle, à qui mieux mieux. Elle les regardait avec mépris, me les désignait d'un mouvement de tête, et me disait, écœurée : « Ce sont des putes ! » En galant homme, je ne faisais pas de commentaire. Et elle ajoutait, surprenant, je suppose, de l'amusement dans mon regard : « Moi, je ne suis pas une pute, moi, je fais du business. »

L'un des charmes de l'appartement que j'habite vient du fait qu'il me suffit, pressé par le besoin, de prendre l'ascenseur et de tourner le coin de la rue pour trouver de quoi me consoler de l'amertume de l'existence. Je découvris Lucie qui me fit un signe, elle pépiait parmi ses collègues, et je n'eus pas de mal à la convaincre de me suivre.

Lucie est une petite femme maigre, elle a de jolis yeux bleus et des cheveux très noirs qu'il lui arrive de relever derrière la tête et de serrer dans un élastique. Son visage est fin, et elle a un petit nez insolent.

« Comment ça va ? » demanda-t-elle, en empruntant le chemin, qu'elle connaissait bien, de mon immeuble. Elle observa qu'elle ne m'avait pas vu depuis longtemps : étant en poste dans le quartier, elle me voyait passer d'habitude. Je lui expliquai que j'étais parti quelques jours en vacances. Elle me dit que, la dernière fois qu'elle m'avait aperçu, j'étais avec mon amie. Comment cela ? Oui, dit-elle, une grande fille, blonde, jolie. Ah bon ? « Oui, très jolie », dit-elle en riant, contente au fond que je ne sorte pas avec une horreur. Assise sur sa barre de fer, balançant ses jambes en mâchant du chewing-gum, elle s'amusait à me voir passer avec ma blonde amie, moi dont elle connaissait beaucoup de choses, des petites manies, une paresse immense de pacha immobile, attendant sa ration de plaisir, couché sur le dos, les yeux clos, en écoutant du Bach, une suite pour contrebasse seule.

L'entendre parler de Heliana m'émut, je me disais que peut-être elle n'aurait plus jamais l'occasion de me voir avec cette grande fille blonde, et j'aurais voulu la faire parler davantage, sans l'obstacle de la langue qui limitait sévèrement notre conversation. Au fait, me dis-je, comment ferai-je pour apprendre le tchèque, sans Heliana ? J'en éprouvai une vive douleur. J'étais prêt à renoncer à étudier cette langue, si cela ne devait pas être avec elle.

Lucie se déshabilla. Elle était très frileuse et avait sur elle, malgré le temps clément, et pour tenir compte de la fraîcheur des nuits, un harnachement de soldat. Je la vis enlever son anorak, son pull-over, son pantalon, son collant, et encore un ou deux maillots plus ou moins épais. Pourvu qu'elle n'ait pas des clients velléitaires qui lui diraient après avoir trop attendu : bon, j'ai changé d'avis, tu peux remettre tes maillots et ton pull.

Elle m'apparut enfin dans sa nudité, blanche et presque maigre, se frottant les bras comme si elle sortait d'un bain glacé. Je l'accueillis dans mon grand lit, et embrassai son cou.

Une vilaine cicatrice lui barrait l'épaule : elle avait eu un accident de voiture, terrible, on l'avait crue morte. Elle était restée plus d'un mois à l'hôpital, et se demandait encore comment elle avait survécu. Quand elle m'avait raconté cela, j'avais fait des efforts pour la comprendre, et je sais au moins que c'était « hrozný », « terrible », que la mort était passée tout près d'elle, et cependant son joli regard restait limpide, jamais son sourire ne s'était voilé pendant son récit.

J'offris aux soins de Lucie mon sexe qu'elle suçait, par une prudence hygiénique louable, je le concède, mais décevante, au travers d'un préservatif de fabrication japonaise parfumé à la framboise.

Elle avait une autre cicatrice, horizontale, sur le ventre. C'était la césarienne au moyen de laquelle elle avait mis au monde sa fille. Elle avait voulu une césarienne parce qu'elle ne supportait pas de souffrir, et l'idée de se mettre à souffler à la façon d'une bête au moment d'accoucher pour tempérer l'effet de la douleur n'était pas dans son style. On l'avait donc opérée de son enfant comme on l'avait opérée de son accident. Et elle avait eu une belle petite fille, sortie du ventre de sa mère sans effort, d'un coup de scalpel : l'enfant n'était même pas fripée. J'avais vu un jour sa photo, elle ressemblait à sa mère au point que c'en était drôle, le même nez insolent et le front haut, un joli front bien bombé. Elle avait cet air sage et têtu à la fois des personnes qui ne veulent pas trop demander à la vie, mais ne céderont jamais d'un pouce sur ce qu'ils estiment que la vie leur doit.

J'avais demandé à Lucie si elle avait aussi un mari, et elle m'avait dit que oui, il l'attendait à la maison, à garder la petite. En somme, cela lui faisait économiser la baby-sitter.

J'avais très envie d'elle. C'était une petite femme maniable – l'avantage des petites femmes –, et je la pris d'une façon qu'elle n'avait pas l'air de connaître. J'étais debout, et elle était couchée devant moi le dos sur le tapis, la tête à mes pieds. En relevant et en repliant son corps, je lui plaçai les jambes autour de la tête, le sexe en l'air, qu'il me suffisait alors de pénétrer doucement. Je n'avais pas besoin de donner toutes ces explications à Lucie, elle se laissait manipuler comme une marionnette. J'ai glissé mon sexe en elle (le préservatif fit un léger bruit de sac froissé), et en lui écartant les fesses du bout des doigts, j'ai contemplé son joli anus rose, d'où s'élevait un fumet discret mais insistant, qui se mêlait avec subtilité au parfum de la framboise. Elle poussait des gloussements de surprise, et après coup, en se redressant et en soufflant, elle me dit : « Intéressant, c'est intéressant ! »

Ensuite, elle m'a expliqué que pendant mes petites vacances, son frère était mort à l'hôpital. Un cancer. Elle me sortit une photo de lui, qu'elle tenait depuis dans son portefeuille, sans doute, car je ne l'avais pas vue parmi les photos de famille qu'elle m'avait montrées une autre fois. J'en fus tout attristé, c'était comme si son deuil réel rencontrait mon petit deuil de Heliana. En sortant de chez moi pour la raccompagner, et pour aller respirer un peu l'air frais de la nuit, je laissai toutes les lumières allumées : c'était pour l'âme du frère de Lucie.

Dans la nuit, j'ai encore rêvé de Christiane. Elle était de nouveau dodue, et nous faisions l'amour sur le bord d'un lit, dans une chambre qui devait être une chambre d'hôtel. Ce n'était pas du tout confortable et, de plus, il fallait ne pas faire de bruit, parce que sur un autre lit dormait un de mes collègues. Il semble que nous faisions l'amour de cette façon tous les soirs, et cela me stressait, à cause du collègue : il dormait à côté, et parfois se retournait sur son lit. La lumière, une lumière de néon très forte, très crue, restait allumée. Une nuit, il y eut un changement : mon collègue d'ici fut remplacé par celui de Sofia, un gros type aux cheveux frisés, avec des chaussures cassées et un pantalon tout chiffonné. Il devait avoir le sommeil plus léger que l'autre, car il s'est réveillé, et il s'est levé pour aller chercher un verre d'eau. Nous avons dû nous interrompre, rester immobiles, dans cette position très inconfortable du bord du lit. Une autre nuit, c'était avec Heliana que je faisais l'amour, le téléphone s'est mis à sonner, longtemps, longtemps, et de manière stridente. À la fin, je suis allé voir, il y avait sur l'écran du téléphone un message interminable, plein de ces signes incohérents qu'affichent parfois les ordinateurs. Le message, que je comprenais cependant, était pressant, il demandait pourquoi je n'avais pas donné suite à ma réservation d'hôtel, et m'enjoignait de répondre au plus vite. Après, j'étais au bar, et il y avait en face de moi une espèce de guichet derrière lequel Christiane faisait la vaisselle. Elle était toute rouge, et baissait les yeux sur son ouvrage. Derrière elle, une quantité d'hommes se pressaient, l'écrasaient contre son évier et il est certain que les premiers devaient se frotter contre elle tant qu'ils pouvaient.

Ma femme de ménage se nomme Radka. C'est une grande dame toute maigre, ayant d'immenses dispositions à la tendresse maternelle. Elle a un fils de vingt ans. Cela me convient tout à fait, d'ailleurs, car j'ai besoin de tendresse maternelle. Elle m'appelle Pané Dolet. « Pané Dolet, dit-elle, máte telefon ? (Vous avez votre téléphone ?) » Quand je pars travailler, elle veut s'assurer que je n'ai rien oublié, ni mon téléphone, ni mes clés. « Pané Dolet, máte klíč ? » Quelquefois, elle crie, alors que je suis déjà sur le palier, pressé, en retard, la main sur la poignée de l'ascenseur : « Pané Dolet, pané Dolet ». Je sursaute, je reviens vers elle, je lâche la porte de l'ascenseur qui en profite aussitôt pour descendre, appelé par quelque voisin. Alors, elle me demande : « Pané Dolet, máte klíč ? »

J'ai toujours mes clés, c'est quelque chose que je n'oublie jamais, sauf une fois, une seule fois, j'avais laissé mes clés chez moi, parce que j'avais changé de veste juste avant de partir, et les clés étaient restées dans ma poche. Depuis, Radka considère que je suis capable de partir sans mes clés, et me court après. Cela n'arrive que deux fois par semaine : elle ne vient chez moi que deux fois par semaine, je ne la supporterais pas davantage.

Elle ne m'interpelle pas seulement pour mes clés, mais à tout bout de champ, et surtout en dehors du moment précis que je choisis pour lui expliquer tout ce qu'elle doit faire.

Ce moment se situe juste après mon petit déjeuner qu'elle me prépare avec amour. « Prosím, Radko, můžete připravit snídani ? (Pouvez-vous me préparer mon petit déjeuner ?) » lui demandé-je, en mettant bien l'accent sur les premières syllabes et en faisant remonter l'intonation à la fin, comme si je chantonnais, « můžete připravit snídani ? ». « Snídani » (le petit déjeuner) monte vers les aigus, paraît s'envoler vers le ciel, il évoque bien le plaisir du petit déjeuner, le café fumant et l'arôme délicat des saucisses. Le « a » traîne un peu au passage, tel un moteur d'avion qui donnerait de la puissance au décollage. Et Radka me répond, oui « pané Dolet, mluvíte dobře česky (vous parlez très bien le tchèque) ».

Elle s'extasie toujours sur la qualité de mon tchèque, ce qui me laisse sceptique, car j'en sais à peine cent mots, et au début, lorsque je venais d'arriver, que j'en étais à ma première leçon et à mon troisième mot, Radka me disait déjà que je parlais « très bien le tchèque ». Comme elle travaillait aussi chez d'autres Français, le bruit avait fait le tour de la communauté. « Il paraît que tu parles tchèque », me disaient mes collègues de l'ambassade, avec un ton soupçonneux. J'eus bientôt une double réputation, de vantard pour les uns, d'espion chez les autres : ces derniers pensaient que je faisais semblant devant eux de ne pas parler tchèque, mais que chez moi je me trahissais avec ma femme de ménage.

Après le petit déjeuner, donc, je lui expose avec méthode tout ce que je souhaite qu'elle fasse, ou qu'elle ne fasse pas. Il y a beaucoup de choses que je souhaite qu'elle ne fasse pas. Par exemple, qu'elle aligne sur la commode de ma chambre mes flacons d'eau de toilette dans un sens ou dans un autre. Lorsque je rentre chez moi, le soir, je les trouve disposés en carré, ou en triangle, ou en lignes parallèles, les plus grands derrière, les plus petits devant, ou bien rangés symétriquement, autour du poste de radio, et je me hâte de les mélanger, pour qu'on voie bien que je ne suis pas un collectionneur kitsch, mais un dandy négligent qui a beaucoup de flacons d'eau de toilette de marques différentes, et les laisse traîner sur sa commode, même s'il y a peu de monde, en dehors de Heliana et de mon professeur de piano – mon piano est dans ma chambre – pour voir mes flacons d'eau de toilette. Je fais la chasse à bien d'autres choses quand je rentre, les jours où elle a fait le ménage. Je pose mon cartable près de la table de la salle à manger, et aussitôt je me mets à chercher.

Un jour, j'ai failli suffoquer : elle avait scotché sur les carreaux au-dessus de ma baignoire une espèce de branche de plante verte en plastique, ou plutôt un bout de plastique verdâtre et mou qui prétendait, avec beaucoup d'arrogance, imiter une sorte d'objet végétal qu'on pouvait identifier comme étant une plante. J'avais arraché la chose, et l'avais posée non pas dans la poubelle, car je m'imaginais qu'elle avait voulu me faire un cadeau et ne voulais pas lui faire de la peine, mais sur la poubelle. La même semaine, je retrouvai l'objet scotché non plus au-dessus de la baignoire, mais derrière la machine à laver, Radka n'ayant pu imaginer une seconde que sa trouvaille m'avait déplu, elle avait dû penser que je n'étais mécontent que du lieu où elle l'avait accrochée.

J'entrepris donc de lui expliquer, lors de l'une de ces séances de travail d'après petit déjeuner, que je ne souhaitais pas que fussent scotchés dans mon petit appartement des objets du genre de cette manière de plasto-plante digne des décors de *Star Trek*. Elle n'en fut pas offusquée le moins du monde et s'en prit, la semaine suivante, à mes coquetiers, qu'elle avait découverts dans mon placard et qu'elle entreprit d'aligner rigoureusement sur le toit du réfrigérateur. Elle les avait posés sur un napperon qui leur servait de piste ou d'avenue pour leur défilé réglementaire.

J'en suis venu à cette petite séance de travail d'après le petit déjeuner pour éviter les accidents. Car Radka, lorsque je l'appelle, se précipite à ma rencontre, en oubliant les préceptes les plus élémentaires de la prudence, tout comme si Dieu le père, ou son adjoint saint Pierre, annonçait qu'il ne restait plus que trois places au paradis, et qu'elles seraient destinées aux premiers arrivés. Elle lâche tout ce qu'elle tient entre les mains, et se précipite vers moi, en disant : « Ano (oui), pané Dolet, ano ! » Un jour, elle s'est précipitée avec tant d'ardeur qu'elle a glissé sur un tapis, et à mon grand effroi est tombée. Mais elle s'est relevée aussitôt, s'est mise pour ainsi dire au garde-à-vous, et m'a assuré que tout allait bien. Depuis cet incident, j'ai résolu de profiter, pour lui parler, d'un moment de calme et j'évite de l'appeler. C'est moi qui viens vers elle. Elle m'écoute, prend note de tout ce que j'ai à lui dire, puis, à ma question rituelle : avez-vous besoin de quelque chose, avez-vous quelque chose à me dire, elle répond toujours : « Rien, rien, pané Dolet. » Je rentre alors dans ma chambre en annonçant : « Je vais m'habiller », et lorsque je suis en train d'enfiler mon slip, je l'entends me héler de l'autre côté de la porte : « Pané Dolet, pané Dolet ! »

Radka a un geste touchant : si elle arrive le matin deux minutes et demie en retard, si elle a quelque chose à me demander, ou lorsque je la trouve encore chez moi le soir, en arrivant, après ma dure journée de bureau, elle joint les mains, s'approche de moi et me dit avec des accents de chiot brutalement privé de lait : « Promiñte (excusez-moi), promiñte ! » Et moi, magnanime, je lui pardonne.

Ce matin-là, avec son instinct développé de mère poule, Radka a compris que j'avais quelque chose qui n'allait pas mais, par pudeur, elle n'a pas osé me demander de quoi il s'agissait. Elle me regardait avec un redoublement de tendresse, en me servant un petit déjeuner meilleur que d'habitude : des morceaux de beurre découpés en triangle, posés fièrement sur les tranches de brie, des œufs battus truffés de lamelles d'oignon et ornés de persil, des saucisses badigeonnées de moutarde française. J'avais deux verres devant moi, l'un pour le jus de fruits, l'autre pour l'eau minérale, et une tasse pleine de café au lait. Trois ou quatre personnes n'auraient pas réussi à venir à bout de ce petit déjeuner de deuil de Heliana.

J'ai rappelé Heliana. Elle n'était pas chez elle, j'en avais le pressentiment. Mais au lieu de lui dire ce que je ressentais en constatant qu'elle était toujours absente, ou de lui faire des reproches, j'ai laissé sur son répondeur cette petite déclaration : « Je suis très inquiet de ne pas avoir de tes nouvelles. J'espère que tu n'es pas malade, que tu n'as pas un empêchement grave qui explique ton silence. En toute franchise, j'en suis à espérer que tu fais exprès de ne pas me téléphoner, parce que je suis inquiet, je me demande ce qu'il se passe. » Évidemment, je pensais tout le contraire, ou du moins mon inconscient. Lui aurait préféré à coup sûr qu'il se fût passé quelque chose de grave.

Ce petit discours était une stratégie de ma part. Si Heliana avait l'intention de me faire mordre à l'hameçon, il fallait savoir ruser et temporiser.

L'image de l'hameçon me plaît beaucoup, c'est une amie à moi, un écrivain, qui l'avait employée une fois, il y a longtemps de cela. J'étais à l'époque amoureux d'une Marocaine. Celle-ci avait si bien manœuvré qu'elle m'avait mis à genoux : « Oui, tu es foutu, me dit mon amie écrivain au téléphone pour me consoler, tu as l'hameçon dans la gueule, et tu ne peux plus rien faire. » Le poisson pris par l'hameçon bouge dans tous les sens, saute, remue la queue, s'arrête, ou ralentit, fait le mort ou rue dans la rivière, va à droite ou à gauche, mais il y a toujours une chose qu'il ne peut pas faire : repartir dans l'autre sens, nager en eau libre, s'enlever l'hameçon ou, alors, il faut être très fort, comme quelqu'un d'assez fort pour se tailler la chair, et je ne connais pas beaucoup de monde capable de ça. Quand on a l'hameçon dans la gueule, on est vivant, tout le corps et l'esprit sont encore sains, mais on n'est plus maître de ce qu'on fait, et celle qui tient la ligne rit aux éclats, et sait parfois cruellement s'en servir – ou quelquefois n'en sait rien, ça l'embête même d'avoir cette ligne au bout de laquelle il y a un gros poisson aux yeux de poisson en train de mourir.

Je ne voulais pas donner l'impression à Heliana que j'avais besoin d'elle à ce point, je ne voulais pas qu'elle sache qu'entre le monde et moi s'était interposée cette pellicule d'indifférence si fine et un peu opaque. Elle ne devait pas deviner que plus rien ne pouvait compter pour moi tant que je ne saurais pas ce qui se passait, tant que je n'aurais pas de nouveau l'occasion de lui parler et de plonger mon regard dans ses fameux yeux bleus.

Heliana a les yeux bleus, des yeux fabuleusement bleus, ils fascinent, c'est cela qu'on remarque d'abord en la voyant, on se dit, ce n'est pas possible, des yeux si bleus, d'un bleu aussi intense, ne peuvent appartenir qu'à un extraterrestre, et ils sont d'un bleu si original, ses yeux, que je dis ses fameux yeux bleus, comme est fameux le sourire de la Joconde. Un jour, je l'avais présentée à une amie, Marie-Jeanne, elle la voyait pour la première fois, et je ne lui avais jamais parlé de Heliana. Elle s'était aussitôt exclamée : « Mais c'est extraordinaire, vos yeux. Ils sont vrais ? »

Quand Radka m'eut demandé si je n'avais rien oublié, je suis allé au travail.

La porte de mon immeuble, comme je l'ai dit, ne donne pas sur la rue, mais dans le passage. De là, je peux atteindre, sans mettre le pied dehors, soit la rue Vodickova, soit la place Venceslas, soit la rue Stepanska. Si la quatrième issue n'était présentement bouchée par les travaux, je pourrais gagner une galerie voisine, qui m'emmènerait encore plus loin, vers la rue Skolska. Mais, si le cœur m'en dit, je traverse la rue Vodickova, et trouve juste en face un autre passage. On peut circuler dans une bonne partie de Prague de cette manière, un réseau de galeries (pour les initiés) se superpose au plan des rues ordinaires.

Le plus beau passage de Prague est celui où j'habite. Il a gardé le charme des années du début du siècle, qu'ont respecté les restaurations successives. On y compte deux cinémas, un théâtre, une cave de jazz, une salle de bal, un comptoir pour les parieurs, des cafés, des restaurants, et quantité de boutiques de toutes sortes, dont une de produits de beauté, où je dois acheter une crème pour Heliana. Mais faut-il encore que j'achète cette crème, maintenant qu'elle a disparu ?

La couleur sépia s'impose partout dans Lucerna, aux balustrades contournées, aux enseignes saugrenues, aux fenêtres excentriques comme de vieilles femmes trop coquettes, aux escaliers de marbre dont les rampes exquises invitent à grimper vers de sombres hauteurs, si bien qu'on croit se promener dans une vieille photographie. On y croise d'ailleurs tous les soirs, de décembre à mars, des jeunes gens à l'air sage habillés pour le bal, fracs et robes longues, oubliés du temps.

Ce passage a une longue histoire. Elle remonte à l'époque où le grand-père du président Vaclav Havel, un ingénieur, qui s'appelait aussi Vaclav Havel, l'a fait construire. La grand-mère de Havel, laquelle s'appelait par conséquent Havlova, s'est écriée en voyant la façade du premier immeuble qu'on construisait : « On dirait une lanterne », et le grand-père de Vaclav Havel, Vaclav Havel, s'est exclamé, mais oui, bien sûr, on va baptiser le passage *Lucerna*, – « lanterne », en tchèque, comme on l'a deviné. Devenu avant guerre une sorte de haut lieu de la culture praguoise, puisqu'on y rencontrait tous les écrivains de renom, et des musiciens – même Maurice Chevalier a chanté là –, Lucerna a été nationalisée sous les communistes. On y a alors organisé des congrès, et la vie s'en est allée, mais le passage a tout de même conservé de son mystère et de son charme, tout abandonné qu'il était, mal entretenu et fermé, le soir, à partir de onze heures.

Un écrivain tchèque a raconté l'histoire étrange d'un homme qui, entré un jour par hasard dans ce passage, s'y serait finalement installé à demeure, crainte de le quitter jamais, c'était devenu une sorte de refuge. L'été, lorsqu'il faisait beau, il allait prendre des bains de soleil juste sur cette terrasse en face de mon balcon, entourée d'une balustrade crénelée, et où j'étais allé me promener un jour avec Andrea.

Dehors, le temps, comme par un fait exprès, était devenu gris et froid. En montant la rue Stepanska, je passai sous l'horloge qui marque tous les jours à peu près la même heure, neuf heures moins cinq, neuf heures. C'est une grosse montre dorée, avec un remontoir sur le côté, l'enseigne d'un horloger. Je marchai sur des planches posées par-dessus les tranchées qu'on creuse en ce moment pour installer le nouveau réseau de téléphone. Ce n'est pas un quartier que j'habite, mais un chantier, Prague tout entier est un vaste chantier, les gens circulent parmi la poussière et les gravats, et je suis réveillé tôt le matin non par le gazouillis des oiseaux, mais par le hurlement hystérique des scies électriques, les cognements des marteaux-piqueurs, l'écroulement des gravats vidés dans les bennes des camions.

Des gens pressés, les uns en chemise, les autres en imperméable, me croisaient, les yeux baissés, soucieux de bien poser leurs pieds, d'éviter les planches mal mises, les trous inattendus, lcs pavés déchaussés. Je pensai à ce jour gris d'il y avait deux mois à peine, un samedi.

Nous avions décidé, Heliana et moi, d'aller en Pologne. Elle était venue me prendre chez moi. Sur le départ, nos sacs à la main, nous avons rencontré ma voisine polonaise attendant son mari au bas de l'escalier.

Lorsque j'avais emménagé, cette voisine polonaise, une toute petite grand-mère au nez pointu et aux minuscules yeux bleus, frisée, coquette et curieuse, était venue, profitant de la porte ouverte, voir comment était mon appartement. Elle était entrée sans façons, en avait fait le tour et s'était extasiée, je ne savais pas pourquoi, peut-être parce que les peintures étaient fraîches et les radiateurs neufs. Elle m'avait dit qu'elle était ravie que je vienne m'installer dans son voisinage. Elle avait fait un signe de croix et joint les mains devant elle. Son mari, lui, était resté sur le pas de la porte, par discrétion.

Il m'avait raconté qu'il avait travaillé dans le passage pendant toute sa vie, qu'il était maintenant à la retraite, et qu'il avait connu le président tout petit – oui, le Président Havel lui-même. Il me montrait la taille du Président quand il n'était pas encore président, mais un jeune garçon qui devait arriver à peu près à la ceinture de mon voisin, et encore était-il difficile de le deviner, parce qu'en mettant sa main à l'horizontale, pour désigner le sommet du crâne de l'enfant, il se penchait en avant, et sans doute pliait-il encore les jambes, de sorte que le Président devenait de plus en plus petit, une espèce de gosse nabot, que mon voisin tapotait dans le vide. Car il se permettait, lui, mon voisin, sans la moindre difficulté, de donner de petites tapes au Président, dont les parents, alors, étaient propriétaires du passage.

Pendant toute la période où Lucerna a été nationalisée, mon voisin a continué à y travailler, ce qui n'était pas facile à l'époque communiste, où l'on ne trouvait pas tout ce qu'on voulait. Il rafistolait les serrures, il repeignait les murs avec de la mauvaise peinture, il bouchait avec ce qu'il pouvait les fissures, tout cela pendant plus de quarante ans. Enfin, la révolution de velours a éclaté, et le Président a fait voter une loi pour récupérer ses immeubles et le passage où mon voisin polonais continuait à lui tapoter les joues, pour me montrer qu'il connaissait le Président depuis son enfance, et que c'était un gentil garçon, bien élevé et tout.

Havel a récemment vendu à sa belle-sœur la part qui lui revenait, de sorte que je ne suis plus le locataire du Président, et mon voisin non plus. De toute façon, j'imagine que ce dernier ne paie pas de loyer, la famille des propriétaires ayant accepté de le loger gratis en raison de ses bons et loyaux services de toute une vie.

J'ai dit à ma voisine, tout fier d'employer convenablement mon génitif après la préposition « do », que j'allais « do Polska », et elle s'est extasiée, joignant les mains comme lorsqu'elle avait visité mon appartement. Elle a demandé dans quelle région nous allions, et Heliana lui a expliqué que nous ne savions pas, seulement que nous allions dans les montagnes, pour respirer un peu d'air frais.

C'était la première fois que je partais en week-end avec Heliana. J'espérais bien la sauter, cette fois, car cela faisait déjà un mois qu'on se connaissait, et elle ne m'avait accordé que des baisers : cela ne faisait pas mon affaire. Je voulais aller plus loin et, en général, les week-ends sont propices à ce genre de projets. Déjà, je regardais du coin de l'œil mais avec concupiscence la courbe de ses fesses joliment esquissée par le tissu élastique du pantalon étroit qu'elle portait, ou, selon la position dans laquelle j'étais par rapport à elle, ses seins dont la peau tendre se laissait apercevoir à la faveur de son maillot décolleté.

Nous avons marché côte à côte dans le passage, nos sacs sur l'épaule, tandis que la Polonaise trottinait près de nous, en nous expliquant qu'elle allait au marché, et que le printemps décidément n'arriverait jamais, c'était terrible ce temps. Heliana traduisait, et je lui demandais si vraiment en Pologne le temps était meilleur qu'ici, parce que nous allions plutôt vers le nord.

Dès que nous avons passé la frontière polonaise, j'ai senti combien l'atmosphère changeait. Beaucoup plus de monde, des gens affairés, colorés, des nids-de-poule plein les rues de la petite ville où nous étions arrivés. J'apercevais de tous côtés des baraques en bois où l'on vendait des légumes. J'étais heureux, comme entré dans un air plus frais et plus léger. Il est vrai que nous étions déjà pour ainsi dire à la montagne.

On s'est arrêtés dans un petit café où Heliana est allée demander à un jeune homme en costume rayé posté derrière le bar si nous pourrions trouver un hôtel, quelle était la plus jolie ville de la région, et toutes sortes de renseignements qu'on trouve d'habitude dans une agence de tourisme. Le type avait les cheveux bien peignés, tirés en arrière et maintenus par du gel, et un nez en bec d'aigle, qui lui gâtait le visage. Il parlait un peu le tchèque, et il put répondre à toutes les questions que Heliana lui posait. Grâce à lui nous avons pu atteindre cette petite station de montagne où il y avait un hôtel tout à fait convenable, très bon marché.

Notre chambre donnait sur une grande plaine et l'on voyait à l'horizon se découper contre le ciel les montagnes au relief compliqué de ces régions où la pierre est tendre et travaillée par une érosion brutale. Il n'y avait pas de lit, juste deux canapés, ce qui nous laissa perplexes. Nous avons cherché des portes, imaginant que nous étions dans le salon d'une suite dont la chambre était astucieusement retirée de l'autre côté de la salle de bains. Ne trouvant rien, nous avons appelé la femme de ménage : elle nous a regardés avec condescendance, comme des gens allant pour la première fois de leur vie à l'hôtel, et a déplié les canapés – des canapés-lits.

Je me souviens qu'on est allés marcher dans la montagne. Un chemin grimpait jusqu'au sommet d'un haut rocher qu'on apercevait de notre chambre. Ce chemin était étroit et encombré d'une foule de Polonais, voulant, comme nous, arriver au sommet. Il y avait des passages si resserrés qu'il fallait s'effacer, et guetter, pour se faufiler, une interruption dans la file des personnes qui descendaient. C'était assez plaisant, toutes ces familles parlaient bruyamment polonais, et Heliana comprenait beaucoup de choses, parce que le polonais est tout de même assez proche du tchèque. Au restaurant, elle commandait en tchèque, la serveuse hochait la tête, et nous apportait des choses assez voisines de ce qu'on avait souhaité.

Les Polonaises n'avaient pas de foulard sur la tête comme dans les films, et elles n'étaient pas toutes jolies, mais il est vrai que c'étaient des familles modestes, des gens du peuple qui faisaient l'ascension du rocher – on fait bien en France celle du Mont-Saint-Michel.

Le soir, on était rentrés à l'hôtel fatigués, les muscles échauffés par cette rude montée, et cette descente non moins rude. On avait regardé le panorama, la vaste plaine entourée de montagnes estompées par la brume. Chacun avait arrangé son canapé-lit, et Heliana était venue dans le mien. On s'était enlacés, on se léchait la langue, je lui prenais les seins, et les fesses, et tout ce qui s'offrait de nu sous les draps à mes mains aventureuses. Elle n'était pas entrée tout à fait nue dans mon lit, elle avait une petite chemise, mais lorsque mes mains glissaient sur elle, elle me paraissait extraordinairement nue. Je crois que c'est parce qu'elle est grande, je ne sais pourquoi, les femmes grandes me paraissent toujours plus nues que les autres.

Enfin, mes doigts sentirent l'entrée de l'humide refuge où j'espérais être admis à pénétrer. Heliana, qui semblait apprécier les caresses, ne m'encouragea pas néanmoins à m'engager plus avant. Elle me dit qu'elle avait vu son médecin la veille, qu'elle avait des champignons, et qu'il ne fallait pas songer à faire l'amour. Je lui représentai que j'avais des préservatifs plein ma trousse de toilette. J'en avais même glissé deux ou trois sous mon oreiller, pour n'avoir pas à me lever, le sexe en avant telle une proue de navire, et aller en chercher dans la salle de bains au moment le plus tendre de nos ébats. Toute mon argumentation ne servit à rien, et je suis rentré pour ainsi dire bredouille de ce week-end, à demi convaincu de cette histoire de champignons, mais résolu à persévérer.

Donc, j'arrivai au bureau la tête pleine de ces souvenirs, et je dis bonjour au gardien, un gaillard coiffé à la Tintin, le front barré d'une large cicatrice. Il me regarde toujours avec un petit sourire malicieux, comme si une nuit nous avions fait ensemble tous les bordels de Prague. C'est à cause de Heliana. Un week-end (un autre week-end), j'avais oublié des papiers sur mon bureau, et ce gardien-là était de permanence. Nous étions dans une région du Nord qui s'appelle le Český Raj, et j'avais demandé à Heliana de téléphoner au gardien et de lui expliquer ce dont j'avais besoin, car il ne parle pas un mot de français. Suivant nos instructions, il était monté dans mon bureau, où nous l'avions rappelé sur la ligne directe, et il avait sorti du panier de gauche un dossier, l'avait ouvert, et avait lu à Heliana une lettre en tchèque. Une autre fois, il m'avait vu avec Heliana que je raccompagnais chez elle, il était très tard, on était montés dans la voiture garée devant l'Institut français, et lui était sorti sur le pas de la porte, pour me montrer que la voiture était bien gardée, et depuis ce jour-là, il me regarde toujours avec ce sourire complice.

Je montai au quatrième étage. De la fenêtre de mon bureau j'aperçois, au-delà des toits d'immeubles, le château de Prague : on dirait qu'il est couché sur un tapis de nuages, et qu'il pourrait se déplacer si les vents le poussaient. Je me suis habitué à sa silhouette de chat somptueux et indolent, un chat magicien qui aurait un haut bonnet pointu, et le poil gris.

Christiane m'attendait. Elle avait son expression des mauvais jours, quand les choses ne vont pas bien et qu'elle ne sait plus comment maîtriser la situation. Elle vient alors à moi avec un air sombre, ça lui est facile, puisqu'elle a des yeux si ténébreux, des cheveux si noirs, et une physionomie si tragique qu'elle est davantage elle-même dans les drames et les contrariétés que dans les moments heureux. Quand tout va bien, elle a une expression de contentement qui a l'air de chercher sa place dans son visage maigre, une sorte de gonflement intempestif faisant trembler ses traits : le bas de ses joues se dilate, ses lèvres s'étirent un peu, une sorte de sourire monte à la surface, comme une bulle d'enthousiasme surgie des profondeurs, et s'évanouit soudain dans un éclatement retenu de satisfaction.

Elle m'expliqua qu'Alain du Planchet s'était fait voler son portefeuille.

Alain du Planchet est un grand poète français. Les Français ne savent pas qu'il existe encore dans notre pays des poètes vivants. Il en existe pourtant : ainsi Alain du Planchet, ou George Nox, que je préfère en ce qui me concerne.

J'ai connu George Nox en Roumanie, où j'ai eu l'occasion de lui montrer une lettre très étonnante, que j'avais retrouvée dans les archives de l'ambassade. C'était une lettre écrite par le célèbre Bertrand Découfflé, alors en poste à Bucarest, en 1948, et dans laquelle il était question de George Nox. Cette année-là, ni George Nox ni Bertrand Découfflé n'avaient le moindre début de notoriété. Découfflé écrivait à une personne qui résidait en Transylvanie, dans la ville natale de Nox, et lui demandait de lui transmettre sous le sceau de la confidence, il insistait là-dessus, des renseignements sur la famille du futur poète français, dont il ignorait bien sûr qu'il allait devenir un poète français.

Je trouve cette lettre intéressante, parce que Nox n'a jamais connu Bertrand Découfflé, et je ne sais pas du tout si, plus tard, quand Découfflé a entendu parler du poète George Nox, il s'est souvenu qu'il s'était mis un jour en quête d'informations sur lui. « Tiens, George Nox, ça me dit quelque chose. C'est sur lui que j'avais demandé des renseignements quand j'étais en poste à Bucarest.» Peut-être aussi que Découfflé a tout oublié. J'ai montré cette lettre à plusieurs personnes, en m'exclamant que c'était assurément un étrange document, que celui qui attestait de cette conjonction inattendue et inopinée, à l'autre bout de l'Europe, de deux futures gloires littéraires françaises, avant qu'elles fussent devenues des gloires littéraires, et l'on me répondait, oui, en effet, c'est surprenant, mais sans conviction, juste pour me faire plaisir. La chose ne semblait impressionner personne et, moi, j'insistais en disant que c'était prodigieux, et l'on me disait oui, c'est amusant, de sorte que le plus curieux pour moi était le peu d'intérêt que mon entourage semblait porter à cette lettre.

Je me disais qu'au moins George Nox, lui, serait captivé par cette découverte, et je lui tendis le document, savourant à l'avance la stupéfaction du poète lorsqu'il apprendrait qu'il avait sans doute fait l'objet d'un rapport secret de la part d'une future gloire de la littérature française. Mais Nox prit la lettre, la lut, et me la rendit en me disant d'un ton neutre : « En effet, c'est étonnant. »

Il est vrai que George Nox avait autre chose en tête : il déjeunait chez moi juste avant de monter dans un avion de la Tarom pour Paris, et l'on venait d'apprendre que le matin même un avion de la Tarom (le vol Bucarest-Bruxelles) s'était écrasé quelques minutes après le décollage. Tandis que je lui lisais la lettre, George Nox se demandait s'il était bien raisonnable de voyager avec une compagnie venant de perdre un avion et tous les clients, environ deux cents, qui étaient à bord. Heureusement, sa femme était là, elle le rassurait : on n'a jamais vu deux avions de la même compagnie s'écraser deux fois au même endroit et dans la même journée – mais ce n'était pas un argument, il se produit dans ce monde beaucoup de choses qu'on n'a jamais vues, et de plus l'avion pouvait s'écraser ailleurs.

Elle tenta de le distraire en s'interrogeant sur l'énigme de la lettre de Découfflé. Elle avait sa théorie : à l'époque, George Nox était en France, sur le point de se marier avec la fille d'une famille d'industriels du Nord, laquelle faisait prendre ses renseignements, ce qui n'est pas très surprenant, à l'ambassade de France située dans le pays d'origine du prétendant. Les familles d'industriels font toujours cela. J'avais été un peu désappointé par le prosaïsme de l'explication, mais je la trouvais tout ce qu'il y a de plus vraisemblable, et j'accompagnai le grand poète français et sa femme à l'aéroport en leur souhaitant bonne chance. Ils sont arrivés vivants à destination.

« Alain du Planchet s'est fait voler son portefeuille », me dit Christiane, maussade. Décidément, elle n'avait pas de chance, et ceux dont elle avait la charge en pâtissaient à tous les coups. Il était arrivé la veille avec sa femme, invité à un festival d'écrivains. Comme il ne connaissait pas Prague, il s'était empressé de faire une visite de la ville, et avait commencé par prendre le métro. C'est là qu'il s'était fait voler. Il avait appelé l'ambassade, et on lui avait conseillé de faire une déclaration à la police. Il y était allé le lendemain matin, escorté du chauffeur de l'Institut français, qui avait servi d'interprète.

Christiane me montra le rapport de police, établi en tchèque, bien sûr, d'après ce que le poète avait dit au chauffeur, lequel avait ensuite traduit aux policiers, et elle me le retraduisit du tchèque en français. « La dernière fois que j'ai vu mon portefeuille, disait le grand poète français, c'était à l'aéroport, quand j'ai changé de l'argent, dans une machine. Je me souviens bien que j'avais essayé de calculer le cours de la couronne, je l'avais noté sur un papier. J'ai ensuite rangé mon portefeuille dans la poche de ma veste ample » (« volné sako », en fait, dit Christiane, ça veut dire veste libre, mais on peut traduire par veste ample, si on veut). « Ensuite, je suis allé à l'hôtel, j'ai posé ma valise dans ma chambre, et aussitôt, sans prendre le temps de me changer – j'avais donc gardé sur moi ma veste ample » (« ma veste qui est ample », en réalité, dit Christiane, mais disons veste ample) –, « je suis descendu avec ma femme. Nous avons regardé sur le plan l'objectif (enfin, l'endroit, quoi) que nous voulions atteindre, et nous avons décidé de prendre le métro, d'autant que je lui avais remis des tickets » (en fait, « je » désigne le chauffeur de l'Institut, me dit Christiane avec un sourire navré, comme si elle s'était une fois encore rendue coupable d'une faute grave, le chauffeur de l'Institut a remis les tickets à M. du Planchet, et comme il faisait l'interprète, il a dit : « Je lui ai remis les tickets », mais sur le rapport, il faudra traduire autrement, il faudra traduire par : « le chauffeur de l'Institut m'avait remis les tickets », parce que c'est Alain du Planchet qui est censé parler dans ce rapport). « Dans le métro, il y avait beaucoup de monde, "moc lidí", et à la station suivante, il y a eu un mouvement, les gens sont descendus, et j'ai été bousculé, en particulier, ma veste ample a été prise dans la foule » (Christiane n'était pas satisfaite de sa traduction, mais elle passa outre). « Le métro a redémarré, et c'est alors, avait dit le poète, que, pris d'un soupçon » (elle mit le ton juste qu'il fallait, pris d'un soupçon, en modulant légèrement la fin de la proposition, ainsi qu'une actrice professionnelle), « j'ai porté la main à ma veste ample, et je me suis aperçu que mon portefeuille n'y était plus. Dans mon portefeuille, il y avait : deux mille couronnes, des tickets de métro, ma carte d'identité, ma carte de membre du Pen Club, ma carte de crédit, une photographie de ma fille aînée, un petit papier sur lequel j'avais noté le cours de la couronne (ça, dit Christiane, je ne crois pas que ce soit utile de le mettre), ma carte de la Fnac, et peut-être d'autres choses que j'ai oubliées, mais elles se trouvaient tout de même dans mon portefeuille. »

À peine eut-elle fini de traduire que le poète entra dans mon bureau, suivi de sa femme, elle-même fille d'un grand musicien français. Alain du Planchet est un homme de haute taille, et il m'a paru très vieux. Il se tient droit, marche lentement, avec précaution, comme si le maintien à la verticale de son grand corps, surtout de la partie supérieure, relevait d'une sorte d'exercice d'équilibre périlleux. Il progresse d'un pas, puis s'arrête un instant pour se laisser le loisir de s'assurer que le tronc et la tête ont bien suivi le mouvement, avant d'entamer le pas suivant. Il a un visage grave, des yeux bleus sans lumière qui paraissent regarder d'un autre monde. Je me souvenais d'avoir lu qu'on décrit sa poésie comme froide et lointaine, et je songeai que c'était peut-être à cause de son regard et de son visage figé. Cela dit, il ne faut pas oublier qu'il s'était fait voler la veille son portefeuille, et qu'il venait pour ainsi dire s'en plaindre à moi.

Il me présenta à sa femme. Elle suivait, humble, pliée en deux, pour ne pas lui faire ombrage sans doute, car elle était poète, elle aussi. Elle avait un manteau rouge, de longs cheveux plats teints tombant de chaque côté de la tête, et portait une sorte de cabas comme en avait ma grand-tante, un de ces cabas qui peuvent tout contenir, depuis les légumes du marché, jusqu'à je ne sais quelle poudre magique à l'aide de laquelle les sorcières endorment les enfants avant de les ravir à leur mère. Elle était très gentille au demeurant, et souriait sans cesse, pour essayer de nous faire croire que, malgré les apparences, elle n'avait pas partie liée avec les puissances infernales.

Alain du Planchet me demanda de bien vouloir faire traduire le rapport de police et d'y apposer un tampon, afin de convaincre les policiers français qu'il s'était fait voler ses papiers en République tchèque, et qu'il était justifié dans sa demande de renouvellement de carte d'identité. Je lui présentai plusieurs tampons, dont aucun ne lui convenait en particulier, et nous tombâmes d'accord pour apposer au moins deux tampons, dont l'un portait la mention de l'ambassade de France.

Dès qu'il fut parti, après être convenu de nous revoir en fin d'après-midi – il devait faire une lecture de poèmes à l'Institut français –, je m'empressai d'appeler Mattei à Fréquence libre Europe. Même message en anglais énoncé par la même voix suave. Je raccrochai. Il n'était pas non plus chez lui. J'appelai à Bucarest Dana Popovici, poète elle aussi, et amie de Mattei, titre tout aussi précieux à mes yeux. Elle était chez elle. Elle me dit que Mattei ne pouvait pas répondre au téléphone à Prague pour la simple raison qu'il était à Bucarest, ce que je savais parfaitement, puisque Mattei me l'avait annoncé. C'est vrai, j'y pensai maintenant, avant mon départ en vacances, Mattei m'avait dit qu'il devait faire un voyage le jour même où moi, je rentrais. Elle avait d'ailleurs dîné la veille avec lui et George Manolescu, ils avaient parlé de moi. « Et est-ce que Mattei a parlé de Heliana ? » demandai-je, comme ça, sans réfléchir, anxieux de savoir.

Sur le moment, je m'attendais à ce qu'elle me réponde : « On n'a pas parlé *au sujet de* Heliana, pour la bonne raison que Heliana a dîné avec nous. » En effet, je me figurai soudain que Heliana était allée elle aussi en Roumanie, en même temps que Mattei, et que je ne pourrais cependant pas lui en faire le reproche quand elle reviendrait, si elle revenait, ou avoir l'air de trouver cette coïncidence étrange, car elle se mettrait aussitôt à sangloter nerveusement.

« Mais quelle Heliana ? » me demanda Dana. Elle ne s'y retrouvait plus depuis longtemps dans mes aventures sentimentales. « Une Heliana, s'il n'a rien dit sur elle, alors, ça n'a pas d'importance. » Je demandai où je pourrais joindre Mattei.

Peut-être était-il allé en Roumanie avec Heliana, mais n'en avait pas soufflé mot à Dana, justement parce qu'il avait dû se douter que j'allais lui téléphoner. Et du coup, à table, il avait passé Heliana sous silence. Or, si elle n'avait pas été avec lui, il aurait à coup sûr parlé d'elle, il avait bien raconté Ilinca à Dana la dernière fois qu'il était allé en Roumanie.

Dana me dit qu'il était à la radio, mais qu'il devait prendre l'avion pour Chisinau, et qu'elle essaierait de le joindre avant son départ. Elle me rappellerait si elle arrivait à le trouver. Ce qu'elle fit en effet quelques minutes plus tard : Mattei était déjà parti. Mais est-ce qu'il a un numéro de téléphone à

Chisinau ? Dana me dit qu'elle lui ferait savoir par le canal de la radio que je voulais lui parler.

Il était donc parti à Chisinau, et qui sait si Heliana n'était pas avec lui ?

Christiane attendait à la porte. Je lui dis d'entrer. Elle avait des inquiétudes au sujet d'Alain du Planchet. Christiane est toujours anxieuse, et plus on approche de l'échéance inévitable d'un vernissage, d'un concert ou d'une conférence, plus elle devient nerveuse et vient me voir souvent, pour tenter de me faire partager son anxiété. Elle procède par circonvolutions successives, ce qu'on appelle tourner autour du pot, pour m'avertir que malgré toutes les précautions que nous avons prises en organisant avec professionnalisme, et même un certain talent, la prochaine manifestation, il y a quelque chose qui va clocher, un élément que nous avons omis de prendre en compte, un quelconque événement imprévu, dont elle est persuadée qu'il va réduire à néant tous les efforts que nous avons déployés auparavant.

Christiane ne croit pas qu'elle puisse mener à bien une entreprise sans qu'à la dernière minute quelqu'un (moi, en l'occurrence) intervienne pour éviter la catastrophe qu'elle avait inconsciemment préparée. Elle baisse les yeux, fait des mouvements de bras impuissants telle Madeleine lorsqu'elle se rendait compte qu'elle fautait, mais ne pouvait pas s'en empêcher (le corps de Madeleine était si puissant de beauté blonde et plantureuse qu'elle en était embarrassée, son corps échappait à sa propre volonté et elle le laissait prendre aux hommes avec le même air d'excuse que Christiane, laquelle au demeurant n'est ni blonde ni plantureuse). « Voilà, me dit-elle en baissant les yeux et en balançant les bras, comme si ceux-ci avaient été de trop dans la conversation et qu'elle voulût les en distraire, c'est aujourd'hui vendredi, il fait beau, cet après-midi tous les Pragois seront partis en week-end, il n'y aura personne à la lecture de M. du Planchet ».

Elle disait toujours M. du Planchet, comme s'il s'était agi d'un quidam, d'un fonctionnaire ordinaire tel que moi, et non d'un des plus grands poètes français vivants, et cela faisait drôle : elle aurait pu dire M. Hugo, ou M. Baudelaire. Je lui fis observer que nous avions envoyé autant d'invitations qu'il était possible, et même plus qu'il n'était raisonnable. En outre, la lecture de du Planchet était annoncée dans le cadre du festival dont elle avait pu constater qu'il était fréquenté par un public nombreux. Rien n'y faisait, Christiane conservait son air buté, et sur son beau front courbe et mat quelques cheveux noirs dessinaient des hiéroglyphes. Pour la rassurer, plus que par conviction personnelle, et pour épargner à du Planchet le risque d'une déconvenue supplémentaire qui eût rendu son séjour à Prague, après le vol de son portefeuille, franchement calamiteux, je décidai d'en appeler au personnel de la maison afin de remplir à l'avance la salle. Le mot fut passé que chacun était invité, avec une certaine insistance tout de même, à assister à la lecture de M. du Planchet.

Ces précautions une fois prises, je ne pus m'empêcher de rappeler Heliana. Elle n'était pas chez elle, bien entendu. Qu'est-ce qu'elle y aurait fait à cette heure de la journée ? Elle disait toujours qu'elle ne se plaisait pas dans son appartement, où je n'étais jamais allé, soit dit en passant. Je la déposais le soir, quand nous nous voyions, devant sa porte, au numéro 24 d'une petite rue tranquille de Mala Strana, et c'est tout. Jamais je n'étais monté. Avant de partir, je m'assurais qu'elle était bien rentrée, au cas où elle se serait aperçue, ces choses arrivent, qu'elle avait oublié ses clés. Elle me faisait un petit signe de la main, et elle poussait la porte. De sorte qu'après mon départ, elle aurait aussi bien pu ressortir, aller ailleurs. Certes, ce n'était pas une fausse adresse, car il m'arrivait d'aller la chercher chez elle et de l'appeler au téléphone de la voiture pour qu'elle descende. J'arrivais parfois un peu en retard, c'était le samedi matin, nous partions en week-end, et je mettais un certain temps à me préparer. Elle disait : mais qu'est-ce que tu fabriques, tu te prépares comme une mariée.

Ce pouvait être seulement l'une de ses adresses et elle aurait pu se réfugier ailleurs, après avoir disparu ? Elle me disait que son propriétaire la menaçait à intervalles réguliers de reprendre son logement, qu'il lui avait déjà donné des préavis, et qu'elle avait été deux fois sur le point de déménager. Maintenant, soit pour des raisons pratiques, soit par superstition, dans la crainte que s'installant de manière définitive elle ne provoque sans le vouloir une nouvelle lubie du propriétaire, elle vivait au milieu de ses valises, où elle rangeait ses vêtements plutôt que dans son armoire. Je m'étais demandé souvent à quoi pouvait ressembler son appartement, encombré de malles et de cartons, et je m'étonnais qu'elle ne portât jamais de vêtements fripés, qu'elle fût au contraire élégante et très soignée de sa personne. Mais quelle facilité dès lors pour partir du jour au lendemain et laisser son répondeur tourner dans le vide.

Je tombai sur le même message d'accueil que le jour de mon arrivée : « Nejsem doma, ale můžete zanehat vzkaz (je ne suis pas à la maison, mais vous pouvez me laisser un message). » Cela aussi m'inquiétait parce que c'était une formule que Heliana utilisait peu. La plupart des gens, moi par exemple, se contentent de vous informer qu'ils ne sont pas là, mais que vous pouvez parler après le signal sonore. Heliana, elle, se servait de son répondeur pour dire aux personnes qui l'appelaient ou la cherchaient où elle se trouvait, donner des rendez-vous, remercier, dire bonjour ou au revoir. La formule neutre que j'écoutais tendait à prouver que Heliana n'était pas à Prague, car ses messages changeaient assez souvent, Heliana connaissant beaucoup de monde. Sur ce répondeur-là elle parlait soit en roumain, soit en espagnol, rarement en tchèque.

Je dis sur ce répondeur-là, parce que Heliana avait plusieurs téléphones. Moi, je ne connaissais qu'un seul numéro, et elle en avait trois. Elle m'avait expliqué qu'elle avait loué son appartement sans téléphone, alors qu'elle en avait grand besoin. Elle avait demandé une ligne, mais c'était très difficile à obtenir. Alors, elle avait fait des tentatives par tant de voies diverses, et en faisant agir tant de relations qu'un beau jour, ou en quelques jours, on était venu lui installer trois fois le téléphone. Elle en avait été ravie. Je suppose qu'elle avait également trois répondeurs, sur lesquels elle laissait des communiqués différents, selon les interlocuteurs auxquels elle donnait ses numéros. Elle devait avoir un système de répartition qui tenait soit au type de relations qu'elle entretenait avec les gens (ses relations professionnelles, sa famille, sa vie sentimentale, si elle en avait une, ce que j'ignorais), soit à la langue dans laquelle elle s'adressait aux gens (moi, j'étais sur le répondeur roumain, mais il y avait peut-être un répondeur en français), soit encore à quelque autre classification plus complexe et dont je n'avais pas idée (on pourrait imaginer qu'il y eût une personne ayant droit, à elle toute seule, à un numéro).

Jamais, au numéro qu'elle m'avait donné, elle ne me laissait de message à moi, je veux dire un petit mot qui me fût destiné personnellement, et chaque fois que je l'appelais et que je patientais avant de laisser mon propre message après le bip sonore, c'était un discours à quelqu'un d'autre que je devais subir : Vladka avait oublié son parapluie chez elle, Bogdana, dont la venue était très attendue, trouverait la clé chez la voisine. Ou encore, elle adressait ses adieux à des Espagnols, d'une voix suave, comme si elle faisait de la publicité pour une voiture de luxe. Je m'impatientais un peu de devoir attendre la fin de ces monologues pour lui demander quelque chose, – qu'elle me rappelle par exemple, mais j'aimais entendre sa voix.

Elle avait une jolie voix, bien timbrée, bien placée dans les différents registres qu'elle choisissait, une voix d'actrice, et elle savait bien en jouer au téléphone, dans les langues qu'elle utilisait. La plupart du temps, sa voix était gaie, drôle, pleine de *boufs* et de *psshiiis*, parfois elle était aguichante, sensuelle, et je regrettais d'autant qu'elle ne s'adresse pas à moi. Je lui avais dit un jour, au téléphone, justement, c'est le message que je lui avais laissé : « Pourquoi est-ce que tu ne m'enregistres pas, pour moi aussi, de temps en temps, un mot aussi gentil ? » Mais elle n'avait jamais accédé à ma requête, et j'en concluais que je n'avais qu'un droit de cité tout à fait accessoire sur ce numéro, ou bien qu'elle ne tenait pas à ce qu'on sût qu'elle avait une relation avec moi, ou même qu'elle eût une relation avec un homme. En effet, les annonces que j'avais entendues jusqu'à présent étaient toujours adressées à des femmes, sauf une fois ou deux, et encore ne laissaient-elles rien soupçonner.

Sur ces messages adressés à des hommes, je m'étais gardé de l'interroger et j'avais été bien avisé, car elle aurait sans doute éclaté en sanglots, comme elle a fait à propos de Mattei lorsque j'ai joué au jaloux. L'occasion d'en parler finirait bien par se présenter, et en somme ne me disait-elle pas qu'il faudrait que nous parlions, et quand je lui répondais « pourquoi pas maintenant ? », elle me disait que non, que ce devait être dans un restaurant, les yeux dans les yeux, en prenant notre temps, car elle avait des choses importantes à me dire.

Jamais je ne m'étais montré jaloux de Heliana, tout simplement peut-être parce que je ne l'aimais pas, en tout cas, je ne l'aimais pas jusqu'à ce qu'elle eût disparu et que sa disparition m'eût à ce point affecté. Je ne lui posais aucune question sur ce qu'elle faisait les soirs où nous ne nous voyions pas, et je n'avais pas insisté pour obtenir ses autres numéros de téléphone. Pourtant, quand elle me téléphonait, au début, je tâchais de garder en mémoire sur mon téléphone mobile les numéros d'origine des appels, qui n'étaient jamais les mêmes. Triomphant, je lui ai montré un jour l'un des numéros, et elle a ri, en disant que c'était celui de son bureau, et non pas de chez elle. Mais je lui avais ainsi naïvement découvert la possibilité que j'avais de lire sur l'écran de mon téléphone le numéro d'appel, et elle a dû par la suite se méfier, et ne plus utiliser pour me téléphoner l'une de ses autres lignes.

Du reste, il n'y avait pas très longtemps qu'elle avait consenti à ce que nous eussions des relations amoureuses, lesquelles n'avaient pas remis en cause mes projets de vacances avec ma femme : je n'avais pas tant le droit de me montrer jaloux. Cependant, quelques jours avant mon départ en Roumanie, il s'était produit un petit incident auquel je n'avais pas voulu accorder d'importance, et qui me revenait maintenant en mémoire.

J'étais allé au théâtre avec elle voir un spectacle de marionnettes russes en tournée à Prague. C'était donc en russe, surtitré en tchèque. Alors que nous étions installés et que nous attendions le début du spectacle, nous vîmes entrer un metteur en scène français, Pierre-Yves Naves, qui était de passage, et que je saluai. Il se trouva que Heliana le connaissait aussi pour avoir travaillé comme interprète pendant le tournage d'un film qu'il avait réalisé à Prague quelques années auparavant. Il vint s'asseoir juste derrière nous, prétextant que le fauteuil qu'on lui avait donné était situé sur le côté, et la conversation qu'il engagea me sembla se restreindre un peu trop à mon goût à un dialogue entre elle et lui. Je ne fis pas mine de m'en affecter le moins du monde, mais j'éprouvai un certain soulagement lorsque enfin le rideau se leva.

Dans la pénombre, on vit au coin de la scène une marionnette piocher dans un bac de sable d'une vingtaine de centimètres carrés, avec une expression désolée et des gestes lents de désespéré. C'était un beau spectacle. Pourtant, Heliana, qui, par coquetterie, ne portait pas ses lunettes ce soir-là alors qu'elle ne voit pas de loin, était incapable de discerner non seulement l'expression désolée de la marionnette, mais encore les mouvements imperceptibles qu'elle faisait pour creuser dans son bac de sable. Elle me murmura à l'oreille qu'elle allait s'avancer. Il n'y avait pas de place près de la scène, elle alla s'asseoir sur une marche de l'escalier latéral. Or, à ma grande stupeur, je vis quelques secondes plus tard Pierre-Yves Naves se lever subrepticement, se faufiler entre les sièges, et aller poser ses fesses juste à côté de Heliana.

D'abord, je fus offusqué par l'immense toupet de ce tout petit metteur en scène : il n'a pas de génie, il n'est en rien comparable, en tant que metteur en scène, à ce qu'est Alain du Planchet en tant que poète, il est laid, minuscule, le crâne dégarni, affublé de grosses lunettes pour se donner un air d'intellectuel, et il se permettait, sous mes yeux, d'aller se mettre tout près de Heliana. C'était un cauchemar. Je voulais essayer de croire que la situation était normale, mais ma raison m'affirmait le contraire. S'il était allé la rejoindre sur l'escalier latéral, alors qu'il avait cherché une place vers le milieu tout à l'heure en disant qu'il n'aimait pas être sur le côté, c'est que son seul but était évidemment de tenter de la séduire. Il voyait pourtant qu'elle n'était pas venue seule. J'étais sur des charbons ardents. Pour me distraire, et tenter de me calmer, je me répétais à moi-même cette formule un peu désuète, « je suis sur des charbons ardents ». Mais rien n'y faisait. Je ne me calmais pas. Je le surveillais, et je le vis se pencher vers Heliana, lui susurrer quelque chose dans l'oreille. C'était intolérable. À son tour, elle se tourna vers lui et lui parla. Je poussai un profond soupir et remuai sur mon siège, tandis que la scène s'emplissait de nouvelles marionnettes, et qu'un petit train électrique se mettait à tourner sur ses rails en sifflant et en expulsant de la fumée.

Je fis des exercices de respiration : j'aspirais profondément par le nez, retenais l'air dans ma poitrine, puis le chassais lentement, avec la bouche, sous le regard irrité de mon voisin, je veux dire de l'ex-voisin de Heliana, un brave type, lequel, j'en suis sûr, ne lui aurait pas parlé à l'oreille. Il trouvait néanmoins que j'avais un comportement étrange pour un spectateur de marionnettes d'avant-garde.

J'essayai encore une fois de me convaincre que la situation n'avait rien de catastrophique. Pierre-Yves

Naves, malgré ses grosses lunettes, était trop myope pour voir les marionnettes et il avait eu le même but que Heliana : s'approcher de la scène. Mais alors, pourquoi entamait-il une discussion au moment le plus important, celui où le train électrique prenait de la vitesse et entraînait les marionnettes vers leur destin sanglant ? Il y avait aussi dans les haut-parleurs des bruits qui faisaient penser aux shrapnells de la guerre de 14, et m'énervaient encore plus. Quant à Heliana, n'aurait-elle pas dû se lever, indignée par l'attitude du petit metteur en scène (elle ne devait pas savoir qu'il était un metteur en scène de seconde zone), et venir me rejoindre, au lieu de continuer son babillage avec lui ? Je regardais ma montre à chaque changement de décor, et je pris conscience que je ne pourrais pas supporter plus longtemps une telle situation.

Je me levai et descendis les marches pour aller suggérer à Heliana, avec désinvolture : « C'est plutôt ennuyeux, tu ne veux pas qu'on parte ? – Non, pars si tu veux, mais moi, je reste. » Je criai presque : « Ah, non, merci ! » Et je retournai à mon fauteuil, dans un état proche de la folie furieuse. Elle dut se rendre compte que j'étais bouleversé : je la vis quelques instants plus tard monter les quelques marches qui nous séparaient pour venir m'apaiser en me prenant le bras, ainsi qu'on fait à un malade : « Bébé, j'ai juste voulu te dire que tu peux te sentir libre, rien d'autre. » Et moi, très digne, j'ai répondu que j'avais seulement craint qu'elle ne s'ennuyât, mais que nous pouvions rester si ce n'était pas le cas. Et je continuai à regarder ma montre.

À la fin du spectacle, et après d'interminables applaudissements, au cours desquels le nain et Heliana échangeaient leurs impressions en se penchant l'un vers l'autre, ce que je redoutais arriva. Elle se retourna vers moi, me fit un signe pour s'assurer que j'étais bien là, prêt à la suivre, et amorça un mouvement de marche en avant, le gnome à son côté. C'était plus que je ne pouvais endurer, et je lui criai : « Heliana ! », d'un ton de désespéré. Elle s'arrêta, et je la rejoignis. « Comment, lui dis-je en roumain, tu es venue au théâtre avec moi, et c'est avec moi que tu dois sortir ! » Je lui tins jusqu'à la sortie du théâtre un discours dans lequel, tout en la disculpant totalement, elle, d'avoir fait quelque chose de répréhensible – même si je pensais dans mon for intérieur qu'elle aurait tout de même pu se lever avec indignation lorsque le metteur en scène de pacotille, dont on dit qu'il se répète tout le temps et est incapable d'imagination, ce que je pouvais constater dans sa manière grossière et inadéquate de faire la cour aux femmes, avait osé lui adresser la parole –, je chargeai intelligemment l'autre en disant qu'il était « nesimţit » (malotru), et qu'il m'avait gâché le spectacle.

Je crus une seconde, à un léger tremblement de lèvres de Heliana, qu'elle allait se mettre à pleurer, mais je sus très bien lui expliquer avec finesse et détachement qu'il ne s'agissait de ma part que d'une réaction bien compréhensible, n'ayant évidemment rien à voir, était-ce sous-entendu, avec la jalousie. Même, si je n'avais pas réagi de cette façon, elle aurait été en droit de penser que je n'avais pas la moindre attention pour elle, et il aurait été condamnable de ma part d'accepter sans réagir qu'elle fût de la sorte abordée avec grossièreté par un nabot (je n'employai pas le mot nabot, « pitic », qu'elle aurait pu ressentir comme une marque de dépit de ma part), par un homme en ma présence.

L'autre écoutait notre conversation sans en comprendre un seul mot, et nous demanda si nous parlions le tchèque. Il était venu dix fois dans ce pays, y avait travaillé longtemps sur chaque tournage (ce n'était pas un de ces metteurs en scène de génie qui travaillent vite, il lui fallait beaucoup de temps pour réaliser ses films que personne n'allait voir), et il en était à confondre la musique du roumain, langue latine, avec celle du tchèque, langue slave. Non, répondit Heliana, nous parlons roumain. « Ah oui, dit-il en me regardant, c'est vrai que vous avez été en poste en Roumanie. »

Heliana sembla admettre que je n'avais pas agi en homme jaloux, mais pour ainsi dire en galant homme, soucieux de protéger la femme qu'il accompagnait au théâtre des entreprises audacieuses et faunesques d'un metteur en scène de troisième catégorie. Pourtant, je m'étais beaucoup surpris moi-même, il y avait longtemps que je ne m'étais senti aussi dépourvu de maîtrise sur mes propres réactions. J'avais eu beau essayer de me raisonner, de me redire que Heliana n'était pour moi qu'une liaison agréable, certes, mais passagère, et sans aucune espèce d'avenir, il m'avait été impossible de rester en place, de ne pas me lever par exemple, pour lui proposer de partir.

J'aurais dû penser qu'il était au contraire bien heureux que ce minuscule metteur en scène s'intéressât à elle, peut-être aurait-il pu lui offrir un travail, ou mieux encore, dans un moment où elle était en situation difficile, tandis que moi, je ne lui offrais rien, à Heliana, rien que de l'emmener au théâtre voir des marionnettes, et en week-end en Pologne.

Ne m'avait-elle pas dit dernièrement, indignée par mon indifférence à son égard, et mon manque pathologique d'affection, qu'il n'y avait en elle que deux choses qui m'intéressaient : les leçons de tchèque et son cul.

Enfin arriva l'heure de la lecture de du Planchet. Je m'étais entre-temps replongé dans l'étude de télégrammes qui réclamaient un bilan du financement des actions culturelles par les entreprises, ou annonçaient la réussite d'un colloque international à Varsovie. J'étais donc heureux de l'occasion d'entendre de la poésie.

En vérité, dès que les premiers mots du poète retentirent dans la cafétéria devenue silencieuse, et où chacun l'écoutait avec une attention inaccoutumée, il m'apparut, comme il apparaissait à tous, que le langage que nous mâchonnons à longueur de journée tel un vieux chewing-gum était soudain rendu à la pure lumière qui avait sans doute présidé, dans des temps mythiques, à son usage sacré.

C'était comme au théâtre où personne ne songerait à interrompre les acteurs · ils ne s'adressent pas à nous, nous ne sommes que les témoins étonnés de ce qu'ils disent, nous ne les comprenons jamais qu'imparfaitement, car ceux qui les comprennent sont placés sur la scène, dans la transparence d'un monde que nous pouvons seulement voir, et non pénétrer. De même, du Planchet parlait de choses familières. Il n'utilisait que les mots dont nous nous servons nous-mêmes, tels que la pierre, le jour, le bleu (et quelques mots plus rares aussi, mais connus de nous, tels que le jasmin, ou l'aura), mais il avait l'air de traiter ces mots comme s'ils étaient des êtres susceptibles de prévenance et de relations personnelles, comme si ces mots pouvaient aller au grand jour dans l'élan d'une démarche noble et gracieuse à la fois, et s'arrêter au bord de la scène pour se laisser contempler.

Il y avait du monde dans la salle, et la précaution que nous avions prise se révélait injustifiée. Au cinquième rang, Mme du Planchet, son cabas posé près d'elle, écoutait d'un air de connaisseur. Lui, le poète, très droit, se balançait légèrement à chaque fin de vers, et lançait à toute volée ses poèmes dont on pouvait deviner comment, sur la page, ils devaient se déployer. Il semblait parler du haut d'une falaise battue par les vents, et c'est pourquoi il prononçait les mots avec force, et s'arrêtait souvent pour leur laisser le temps de tomber. Au bout de trois quarts d'heure, il remercia le public et salua.

Il fut très applaudi. Sa femme me dit qu'il avait fort bien lu, mieux que d'habitude encore, et j'admirai qu'il fût à la fois si grand poète et aussi, d'une certaine façon, si grand acteur, car il y a des poètes qui ne savent pas lire leurs propres œuvres. Elle m'approuva et m'en cita deux ou trois.

Assise à une petite table, la secrétaire de l'attaché linguistique finissait son verre de jus d'orange. Elle me sourit et me remercia de l'avoir invitée à ce récital. « Ça change », me dit-elle, d'un ton sentencieux. Enfin, la foule se dispersa, les plus vieux faisaient encore la queue pour féliciter du Planchet lorsque je remontai. Dans l'escalier, j'entendis le responsable du bureau d'ordre qui imitait le grand poète : « *Je* vais / débrancher *mon* ordinateur / parce qu' / il y AURA / (sûrement) / une / coupure de cou / rant demain MATIN », disait-il en martelant ses mots, et en accentuant au hasard. Cela faisait glousser les filles : elles trouvaient qu'après tout, il était aussi bon que le poète, mais en plus jeune.

J'appelai Marta pour lui demander de me faire un massage le soir même si elle pouvait. Marta était un autre lien avec Heliana. Au début, alors que nous ne nous connaissions qu'à peine, Heliana m'avait dit qu'elle avait une super-masseuse, très disponible et très capable. Elle m'avait averti : surtout ne t'inquiète pas, quand Marta viendra chez toi, au premier abord, *bouf*, elle a l'air un peu d'une sorcière, mais en fait elle est gentille, et efficace, tu verras. Ces précautions oratoires me faisaient peur, justement, et j'étais anxieux de savoir si au moins elle était propre, car je ne voulais pas me faire masser par quelqu'un de sale et qui sente mauvais. Heliana me rassura en riant : Mais oui, mais oui, tu verras !

Marta était venue un matin, à l'époque où j'habitais encore le quartier de Podoli, dans ce vaste appartement familial donnant sur le fleuve, en face du club nautique, avec une large terrasse battue par les vents, de sorte que je m'y trouvais comme sur un bateau. Quand j'ouvris la porte, et que je la vis d'un seul coup d'œil sur le palier, j'eus d'abord un mouvement de recul. C'était exactement Carmen Cru, ce personnage de bande dessinée, une espèce de clocharde qui trimballe toutes sortes de saletés dans une vieille poussette, une Carmen Cru brune (je ne sais pas quelle est la couleur des cheveux de Carmen Cru, elle a toujours un foulard sur la tête, mais Marta se teint les cheveux). D'ailleurs, elle aurait plus que l'autre mérité de s'appeler Carmen, car elle avait un visage aux traits marqués, très espagnol, elle ne ressemblait pas du tout à une Tchèque. Peut-être est-elle tzigane ? Si Dieu avait voulu punir Carmen, la trop belle rouleuse de cigares, pour son comportement inique à l'égard de ce pauvre don José, il n'aurait pu faire pire que de la transformer en Marta.

Elle portait quatre ou cinq sacs en plastique, qu'elle avait dû ramasser dans divers supermarchés. Ces sacs étaient sans doute pleins d'objets divers qui les déformaient et menaçaient de les rompre. Elle-même était toute petite, voûtée, elle avait un nez crochu telle Carabosse, et des yeux très mobiles, des yeux d'oiseau de proie, fuyant mon regard, comme si elle savait que le sien pétrifiait et qu'elle évitât de le poser sur moi. Elle entra chez moi en boitant dès que je l'eus invitée, et se débarrassa de ses fardeaux avec un soupir. Je reniflai à la dérobée, mais ne constatai aucun effluve fâcheux – aucun agréable non plus, il faut dire. Par la suite, je pus constater qu'elle massait en effet à la perfection, et je ne me passe plus de ses services. À l'heure même où j'écris ces lignes, je l'attends.

Je restai tard au bureau, soulagé de trouver assez de dossiers à traiter pour oublier Heliana un certain temps. Puis je rentrai et me précipitai sur le répondeur qui clignotait. Il y avait un nouveau message d'Ilinca. Cette fois, c'était pire que tout, elle faisait de la poésie. Elle disait qu'elle ne pensait qu'à moi, qu'elle me voyait avec mon visage, avec mon regard d'enfant perdu. Au début, je pensai qu'elle avait écrit quelque chose, un texte, et qu'elle le lisait au téléphone, mais c'était encore plus grave, elle improvisait, il y avait des moments d'hésitation, elle cherchait ses mots, et il fallait que ce soient des mots poétiques. Décidément, c'était la journée de la poésie. Je voulais la faire taire, mais je ne savais pas comment manier cet appareil. De l'extérieur, il suffisait de faire le 3, mais sur place, il n'y avait pas de touche spéciale, ou alors je ne savais pas. J'étais prêt, si le message durait encore, à me téléphoner avec le portable et à faire défiler les messages avec le 3, pour ne pas en entendre davantage. « Ton regard d'enfant perdu ». Du Planchet, c'était le *Journal officiel* à côté.

À force de s'emmêler avec ses regards d'enfant perdu, et ma bouche de je ne sais quoi, elle en arriva au front, qu'elle ne savait pas comment qualifier, et renonça. Elle me dit : « Bonsoir, appelle-moi, je t'en prie, à n'importe quelle heure ! »

Après, plus rien, les trois bip, rien que les trois bip, pas ceux que disait Heliana, des bips neutres de magnétophone. Je pensai : « Tiens, après tout, peut-être qu'Ilinca m'aime, moi, j'aime Heliana, et Heliana en aimerait un autre, c'est comme dans le théâtre baroque, on fait la queue leu leu, quelle ânerie ! »

Heureusement, Marta arriva, posa ses sacs plastique dans le couloir, et partit se laver les mains pendant que je me déshabillais et allais m'allonger sur le lit. Elle avait une manière de me masser les pieds qui me mettait en joie. Elle faisait d'abord un massage général, les pieds, les mollets, les cuisses, les fesses, les reins, le dos, la nuque, et puis, hop, elle disait : « Retournez-vous », et c'était de nouveau les pieds, les cuisses, le ventre, la poitrine, les bras, et ensuite, pour un petit supplément, exécutait un massage particulier, le visage, le dos, ou les pieds ; moi, je voulais toujours les pieds. Elle aurait pu me masser les pieds pendant des heures.

Je lui demandai des nouvelles de Heliana. Marta parlait un peu le français, l'espagnol et l'anglais. Sur son répondeur, elle avait un message à destination des étrangers. Elle disait : « After ringing ze sond, please, leave yours notice. Sank you. » Son accent était inimitable. Elle me répondit qu'elle n'avait pas vu Heliana depuis une semaine, mais elle dut sentir que j'étais inquiet, et elle me promit qu'elle allait se renseigner. Quant à Clementina (elle était aussi la masseuse de Clementina), elle était malade en effet, et elle était chez elle.

« Mais comment, chez elle, je l'ai appelée plusieurs fois, ça ne répond pas !

– Moi, je ne sais pas, je ne sais pas, je pense qu'elle dort, et elle n'entend pas le téléphone ! »

Dès que Marta fut partie, j'appelai Clementina : toujours pas de réponse. Je pris deux cachets de Lexomil, je les avalai avec du pastis, et j'allai me coucher.

Allongé sous la couette (à Prague, il fait froid tout le temps, on peut donc dormir sous une couette à longueur d'année, c'est l'un des agréments de cette ville), les yeux clos, les oreilles bouchées par des boules Quies, je me sentais doucement envahir par le sommeil, mon corps était comme un navire échoué, bercé par les dernières vagues qui s'épuisaient sur le rivage. Je me disais que je pourrais mourir maintenant, que ce serait plaisant, une mort plaisante, je mourrais sans aucune sorte d'effroi ou de regret. Je pense souvent à cette chose évidente, que si nous avions le pouvoir de mourir aussi aisément que nous avons celui de lever le petit doigt, ou mieux, que nous avons le pouvoir de vouloir lever le petit doigt – si nous avions cette facilité biologique ou physiologique de mourir, sans doute notre espèce aurait-elle disparu depuis longtemps.

Se tuer, se suicider, c'est très difficile, ce n'est pas à la portée de tous, c'est aussi difficile que de tuer quelqu'un, *c'est* tuer quelqu'un. On peut rêver à tous les moyens les plus doux, les poisons à prendre avec des somnifères dans une tasse de thé accompagnée de petits gâteaux, par exemple. Ça reste un meurtre, on ne peut pas s'y résoudre comme ça, il faut avoir des raisons, être désespéré, ou âprement fâché contre soi-même, ou se dire que ce sera mieux que les tubes et les années couché à l'hôpital avec le plafond pour tout horizon. Un jour, j'avais invité un critique à un colloque, et au lieu de venir, il s'était jeté par la fenêtre. Il avait appris qu'il avait un cancer. Vous vous rendez compte, me disait quelqu'un qui le connaissait, se jeter par la fenêtre, quelle violence, mais quelle violence !

Tandis que lorsqu'on est comme moi couché dans son lit, il fait noir, j'ai des boules Quies dans les oreilles, je me sens plutôt bien, mais je n'ai pas de projet d'avenir intéressant, mon métier me mange tout mon temps, ma femme n'arrête pas de me compliquer la vie, le temps est dégueulasse, je suis fatigué et, en plus, ma maîtresse a disparu, alors je n'aurais qu'à me dire : « Tiens, mais après tout, merde, merde, allez hop (dans ces circonstances-là, on ne fait pas de la poésie à la manière de du Planchet ou à la manière d'Ilinca, on pense aux choses pratiques), allez, hop, je meurs », et clac, cette simple pensée suffit à me faire mourir illico, sans la moindre douleur et sans le moindre délai. Si une telle possibilité existait, il y a longtemps, à coup sûr, que j'aurais plié bagage.

Donc, je pensais, *bouf*, je meurs. Je m'imaginais que je mourais. Bien sûr, je ne mourais pas, mais la seule pensée que j'aurais pu être mort à ce moment-là me réconfortait. C'est une chose que je fais de temps en temps. Je joue à mourir. Et alors, tout est beaucoup plus facile. Au moins jusqu'à ce que je me réveille.

Par intervalles, j'oubliais que j'étais mort. Alors l'idée que Heliana avait disparu revenait à mon esprit. Et tout de suite, après un très léger décalage de temps, l'angoisse montait dans mon ventre. J'étais soudain pris par un sentiment d'urgence, je voulais me lever, lui téléphoner encore, qui sait, aller chez elle, demander à quelqu'un l'adresse de ses parents, appeler la police, je passais en revue toutes sortes de possibilités absurdes, je me heurtais à quantité de portes fermées, me rendant de mieux en mieux compte à quel point je la connaissais peu. Par exemple, à qui demander l'adresse de ses parents, elle n'était pas même immatriculée au consulat roumain, je ne savais en fait rien d'elle.

Et puis, le calmant agissait, je me disais que j'étais mort, que tout cela n'avait plus d'importance, n'est-ce pas ?

Cependant, je songeai que je mourais trop tôt. Comment allait réagir Heliana ? Si elle avait choisi de disparaître, c'est que je ne l'intéressais plus, et elle apprendrait la nouvelle de ma mort avec un peu de compassion, un léger pincement au sexe au souvenir des quelques fois où je l'avais baisée, et puis elle aurait d'autres pensées. J'aurais dû m'occuper d'elle davantage, m'assurer qu'elle était bien attachée à moi, qu'elle allait ressentir ma mort comme un manque fondamental, qu'elle allait pleurer pendant des jours et des mois, qu'elle irait se coucher sur ma tombe.

Mais alors que dirait ma femme ? Toutes les deux se regarderaient bien en face devant mon cercueil, et puis, au bout du compte, elles se pardonneraient l'une à l'autre, et s'embrasseraient, elles décideraient de vivre ensemble et d'élever mon fils. Ou bien ma femme se dirait qu'après tout ma mort arrangeait bien les choses, ces voyages, ces vacances, à quoi cela rimait, elle ne faisait que souffrir un peu plus chaque fois, autant mettre fin à ces simagrées, au moins, je n'irais plus demander à voir l'enfant. Quant à lui, non, il valait mieux ne pas penser à lui, me dire que j'étais mort, et une fois qu'on est mort, peu importe ce que font les autres ou ce qu'ils disent. On a disparu, on a disparu du monde comme Heliana a disparu de ma vie, mais personne ne cherche à vous faire revenir. Moi, personne ne cherchera à me faire revenir. J'écartai les doigts de pied à l'idée que je n'aurais pas à me réveiller le lendemain pour aller au bureau, et que ce bureau serait vide jusqu'à la nomination de mon remplaçant, qui lui, au moins, serait bien content de l'aubaine. Et je m'endormis en pensant à la bonne surprise de mon successeur.

Quand je me suis réveillé, j'ai eu l'impression que mon corps était une outre pleine d'eau. Je tentai de la traîner jusqu'au bord du lit. Ma main tomba et l'extrémité de mes doigts effleura le plancher. Dehors, les perceuses, les scies électriques, les marteaux-piqueurs et autres instruments de labeur avaient commencé leur symphonie. La lumière entrait avec violence dans ma chambre. Je regardai ma montre, il était près de huit heures, il fallait me lever. Je tournai mon corps, il se retrouva sur le dos, et j'attendis quelques instants que toute l'eau de l'outre ainsi mise en mouvement se stabilisât. Alors seulement je pensai à Heliana, et la boule d'angoisse qui s'était dissoute dans la nuit revint se former au creux de mon ventre.

Dès que j'eus recouvré un peu de lucidité, après la toilette, le café, et de grands verres de jus de fruits, j'appelai chez Clementina. Elle restait mon dernier recours. Étant malade, elle devait bien se trouver chez elle au moins le matin, et finirait par répondre au téléphone. Au bout de deux sonneries, quelqu'un décrocha. Une dose de vingt-cinq milligrammes au moins d'adrénaline se répandit dans mon sang et gagna mon cerveau surexcité. « Bonjour, est-ce que je pourrais parler à Clementina ? » demandai-je en tchèque. « U telefonu (c'est moi-même). » Là, mon cœur se mit à battre à un rythme exagéré. « Ah, Clementina, je suis si content de vous entendre, j'ai appris que vous étiez malade, et j'étais inquiet. » Bien entendu, je n'étais pas inquiet, d'une part parce qu'elle n'était tout de même pas ma plus tendre amie, c'était juste une connaissance, et je ne savais pas si je devais lui vouer de la gratitude ou de la rancune, puisque c'était elle qui m'avait présenté Heliana, il y avait trois mois. D'autre part, parce que Clementina était toujours malade, soit d'un rhume, soit d'une indigestion, et elle en profitait pour rester à la maison.

« Oh, please, could you speak english, I don't speak very well french, je ne parle pas très bien le français. » Cette fois, je fus interloqué. D'abord, j'avais eu une légère surprise en me rendant compte qu'elle répondait en tchèque, elle qui avait pris une bonne trentaine de leçons avec Heliana sans faire le moindre progrès. Quand elle était en Roumanie, là où elle m'avait connu, elle avait étudié le roumain pendant six ans et en était arrivée à prononcer trois ou quatre phrases, toujours les mêmes, qu'elle répétait en société, pour s'entendre dire : « Oh, comme vous parlez bien le roumain, vorbiţi bine româneşte ! » Mettons que parmi les quatre mots de tchèque qu'elle connaissait, il pouvait bien y avoir « u telefonu ». En revanche, qu'elle eût maintenant cessé de parler français relevait d'une plus radicale invraisemblance. Je ne la connaissais pas très bien, mais je croyais avoir le souvenir qu'elle savait notre langue. Je le lui dis, du ton de la flatterie, songeant qu'elle voulait faire des manières avec moi : « Allons, Clementina, ne soyez pas si modeste, je me souviens d'avoir eu des conversations en français avec vous, et vous savez, moi, en anglais, je ne suis pas très fort ! » Elle rit : « Oh, no, no, I speak very very bad, but if you want you can speak french, and I shall answer in english, OK ? »

Si bizarre que cela puisse paraître, je cessai de m'interroger sur les raisons pour lesquelles Clementina ne parlait plus français. J'avais de fortes doses de calmant encore en suspension dans les veinules de mon cerveau, ma préoccupation était très éloignée de ses talents linguistiques passés ou présents, et l'essentiel était que nous puissions communiquer. Après tout et pour une fois, peut-être qu'elle avait été malade pour de bon : elle avait perdu l'usage du français ainsi qu'on perd ses cheveux ou ses dents, voilà une chose qui peut très bien arriver. Ou alors, mes souvenirs étaient brouillés, comme tout ce qu'il y avait dans ma tête et dans mon ventre, et j'avais tout simplement parlé anglais jusqu'à présent avec elle sans m'en rendre compte. Les Espagnols, aujourd'hui, ne parlent plus français, c'est bien connu.

« D'accord, Clementina, j'ai appris que vous étiez malade, et je voulais prendre de vos nouvelles. Vous avez attrapé froid ? Il est vrai qu'avec ce temps qui change sans arrêt, on ne sait pas comment s'habiller, moi-même je ne me sens pas très bien, et si je ne prenais pas de la vitamine C tous les matins… Au fait, vous prenez bien de la vitamine C chaque matin ? C'est excellent pour le français, ah, ah, ah !

– Ha, ha, ha, you are right, I will try that, ha, ha ha !

– Eh bien, je vois, Clementina, que vous êtes de bonne humeur malgré votre maladie, ça me rassure.

– It's very kind of you, but I am not ill !

– Comment, vous n'êtes pas malade, lui dis-je sur un ton de reproche, mais on m'a dit au consulat que vous étiez au lit, à la maison.

– No, I am not, I can swear that I am not !

– Ah, mais je comprends (tout s'éclairait en effet pour moi, et j'éprouvai un léger soulagement, quelque chose me disait que j'allais retrouver le terrain rassurant de la normalité), en fait, vous n'êtes pas Clementina !

« But I am Clementina ! – Oui, enfin, je veux dire, votre prénom est aussi Clementina, mais vous n'êtes pas Mme Tardes ! – Ha, ha, ha, you are right, I am not Mme Tardes, but I am the only person here who's name is Clementina ! » Tout s'expliquait, elle continuait à parler français, elle n'avait rien perdu de son usage de notre langue, c'était seulement son prénom qu'elle avait changé, elle ne s'appelait plus Clementina, à cause de sa maladie, ou bien c'est moi qui faisais une confusion, elle ne s'était jamais appelée Clementina, je devais confondre son prénom avec une autre amie de Heliana.

« Très bien, dis-je, cela n'a pas d'importance. Eh bien, pourriez-vous avoir la gentillesse de me passer Mme Tardes ? – I am very sorry, but there is no Paní Tardesová here ! – Comment, mais j'ai bien fait le 377745 ? – Yes, that's my phone number ! I am Clementina. But I am not ill, and I don't know any Paní Tardesová. – Alors, j'ai fait un faux numéro et j'ai obtenu le bon prénom ? – Ha, ha, ha, that's funny ! – Yes, yes, it's very funny ! »

C'était encore une porte qui se refermait. Je n'avais même pas le numéro de Clementina, comme s'il s'avérait que, décidément, toutes les traces de

Heliana s'effaçaient les unes après les autres. Je commençai à me dire que la disparition est un phénomène étrange, absolu, pour ainsi dire surnaturel tant il est absolu, bien qu'il s'inscrive dans la réalité.

En effet, c'est Clementina qui m'avait présenté Heliana. Un soir de février, l'ambassadeur étant occupé, ou n'ayant pas eu envie de se déranger, m'avait repassé son invitation pour un cocktail au palais Kaiserstein. L'invitation émanait des producteurs d'un film américain, *Les Misérables* certainement d'après Victor Hugo. Est-ce que les Américains connaissent encore Victor Hugo ? C'était un film avec James Oward. Le célèbre acteur devait être là. Cela ne m'arrangeait pas trop d'aller à cette réception, je n'avais pas envie de sortir, mais le moyen de faire autrement ?

J'arrivai à l'heure, dans des salons déserts, à l'entrée desquels d'immenses hôtesses perchées sur de longues jambes exhibaient des sourires suaves. La première me remit un petit morceau de carton, la seconde une fleur, la troisième n'avait rien à me donner, et j'arrivai enfin dans le salon principal, où une vieille dame jouait de la harpe. Il y avait là trois ou quatre diplomates qui déambulaient, regardant les plafonds, les amples fauteuils, les grands miroirs sertis dans des cadres dorés. Je saluai poliment le premier diplomate, un Américain, ravi de me rencontrer. « Nice to meet you », me dit-il avec sincérité, lorsque je lui eus remis ma carte de visite et décliné mes qualités.

Il regardait de tous côtés avec insistance : « Do you think that they will show us the film ? – Yes, I think so», dis-je, convaincu, après m'être assuré qu'il ne parlait pas le français (« I beg your pardon, I don't speak french », m'avait-il répondu). Oui, mais alors, où ? demanda-t-il (je traduis). Il n'y a pas de salle de spectacle dans ce palais. Vous avez raison, répondis-je avec aplomb, bien que je n'en susse rien.

Nous partîmes de concert à la recherche de cette hypothétique salle, mais nous ne trouvâmes partout que des pièces vides ou fermées. Dans un salon voisin, nous découvrîmes enfin une gigantesque télévision. Peut-être qu'ils allaient s'en servir pour nous montrer le film ? Nous interpellâmes un type qui passait et déposait des cendriers sur les tables basses.

« Vous croyez que c'est là qu'on va projeter le film ?

– Je n'en sais rien, mon rôle ici est réduit à déposer des cendriers sur les tables basses. »

Le diplomate américain haussa les épaules, et retourna dans le salon où nous nous étions présentés l'un à l'autre.

D'autres diplomates étaient arrivés, et il les salua. Moi, j'étais là depuis trop peu de temps pour connaître grand monde, et je me réfugiai auprès de la harpiste. Elle avait une partition posée sur un chevalet, mais elle ne la suivait pas. Elle caressait les cordes de haut en bas, puis de bas en haut. C'était fascinant. J'étais très près d'elle et, au bout d'un moment, elle se tourna vers moi. Au lieu de me demander si je voulais son portrait, comme elle aurait sans doute fait dans une autre situation, elle m'adressa une sorte de grimace qui pouvait fort bien passer pour un sourire. Elle avait dû songer qu'elle était payée pour créer une atmosphère, diffuser une musique lénifiante, et non insulter les diplomates. Moi, je devais être un diplomate égaré, car tous les autres diplomates présents étaient en train de se congratuler au lieu de se coller, comme moi, à la harpiste.

C'était une vieille dame aux cheveux blancs, de jolis cheveux blancs bien lissés sur le dessus de sa tête. Elle avait un gros collier autour du cou. Ses yeux étaient bleus, de ce bleu pâli des yeux de vieux, et son nez amaigri menaçait de couper les cordes. Elle avait des mains fines, dont les veines saillaient, et du bout de ses doigts caressait la harpe avec une étonnante virtuosité. Je la regardais toujours. Elle ne faisait plus attention à moi et continuait de jouer sa petite musique, que personne n'écoutait, sauf moi.

Enfin, une femme entra, une grande belle femme brune, avec de grosses fesses moulées dans un pantalon beige. Elle était de toute évidence une des organisatrices de cette petite soirée. Elle expliqua que James Oward et le metteur en scène avaient été retenus à la télévision, mais que le buffet était ouvert, et que nous pouvions boire et manger, en attendant. Je m'approchai d'elle et lui demandai, moins pour moi-même que pour le diplomate américain, au cas où il reviendrait me poser la question, si nous allions voir le film sur l'écran de la télévision. De quel film parlez-vous ? me demanda-t-elle, en français, car elle parlait français. Mais, de ce film, là, d'après Hugo. « Si vous voulez parler des *Misérables*, c'est un film que nous vous montrerons plus tard, lorsqu'il sera tourné, car ce soir, nous fêtons le début du tournage. » Elle me dit cela très posément, sans me traiter de crétin, ni quoi que ce soit d'équivalent. Je jetai un coup d'œil du côté du diplomate américain : il devait s'être renseigné depuis longtemps, et m'avait complètement oublié.

J'allais me diriger vers le buffet, lorsque je fus abordé par une petite dame au visage de belette, fort élégante au demeurant. Elle me demanda si j'étais bien Philippe Dolet. Je ne pouvais le nier. Elle me dit qu'elle m'avait connu lorsque j'étais en Roumanie mais je ne me souvenais pas d'elle. Elle était consule d'Espagne. Il y avait très peu d'ambassadeurs à cette soirée, ils avaient dû se donner le mot et envoyer tous leurs subalternes à leur place.

Elle s'appelait Clementina Tardes, et était accompagnée d'une femme souriante, aux cheveux roux et frisés, une amie de passage qu'elle me présenta. Le nom qu'elle m'annonça me fut parfaitement incompréhensible, et je n'eus pas le courage de le lui faire répéter. Mme Tardes ne regardait pas son interlocuteur quand elle parlait, de sorte que j'avais toujours du mal à savoir si c'était à moi qu'elle s'adressait ou à son amie. De plus, bien qu'elle s'exprimât dans un français tout à fait correct, elle parlait à voix presque basse et je devinais seulement une partie de ce qu'elle disait. Elle évoquait la Roumanie, où elle s'était beaucoup plu, et sa vie ici. Enfin, et de manière abrupte, elle dit : « J'ai une surprise pour vous ! » Je pensai qu'elle avait dans son sac quelque gâterie pour la femme rousse, qui n'avait cessé de sourire pendant tout son monologue, et par discrétion je me mis à contempler le ballet des invités devant le buffet.

Les uns font mine de parler à leur voisin tout en s'approchant de la table où s'étalent les canapés et les sandwiches. Ils exécutent des manœuvres savantes, grâce auxquelles ils évitent les zones de forte agglomération. Cela étonne toujours un peu leur interlocuteur : lui ne se soucie pas que de nourriture mais davantage du sujet de la conversation, et se demande pourquoi il doit parcourir des cercles successifs avec quelqu'un qui a toujours un regard de côté et change parfois subitement de direction sans prévenir. Les autres, tout fiers d'avoir gagné leur part à force de luttes sournoises, reviennent en frétillant, la bouche pleine de saucisson, comme des poissons ayant attrapé leur dose de nourriture séchée à la surface de l'aquarium. Alors, Clementina, toujours sans me regarder, et au grand contentement de la dame rousse (au sourire toujours plus large), m'attrapa la manche et me demanda de l'attendre quelques instants. Au bout desquels elle revint avec Heliana.

C'était une grande fille blonde, aussi grande que moi. Vêtue avec beaucoup d'élégance, mais au-dessus de son âge, de manière très classique – sa coiffure aussi me parut très classique –, elle pouvait avoir une trentaine d'années. Elle était habillée en somme comme une femme de cinquante ans voulant mettre sa beauté en valeur, tout en gardant une certaine réserve. Bien sûr, c'était une soirée mondaine, et il ne fallait pas s'attendre qu'elle fût en bluejean et en tennis, mais elle aurait pu mettre une jupe plus courte pour faire voir ses longues jambes, et des talons mettant en évidence son joli mollet, ou un de ces soutiens-gorge que je lui ai vus par la suite, qui trichaient un peu sur le volume de ses seins, et donnaient des idées.

Sur-le-champ, je ne m'en suis pas rendu compte, mais, à la réflexion, c'est peut-être quelque chose qui m'attire inconsciemment, car ma femme, lorsque je l'ai connue, avait cette allure-là, elle aussi. Ghislaine, la fille de l'écrivain dont j'ai déjà parlé à propos de l'hameçon, la première fois qu'elle l'avait vue à Paris et qu'elle l'avait invitée à une soirée avec des amis (moi, j'étais à Bucarest), m'avait téléphoné avec enthousiasme : « Elle est drôlement jolie, ta femme, et puis, qu'est-ce qu'elle est rétro, on dirait une poupée. » Heliana aussi était rétro, ce soir-là.

Lorsque j'étais petit, au lieu de jouer aux petites voitures comme mon fils, moi, j'aimais les poupées, j'ai des photos qui le prouvent, des poupées de mon arrière-grand-tante. Leurs longues jambes de porcelaine s'allaient perdre sous des quantités de jupons de dentelle. Elles avaient aussi de grands chapeaux à la mode de jadis, et un petit visage aux lèvres fines soulignées de rouge.

La meilleure manière de dire avec exactitude ce que je ressentis en la voyant, et sans tricher avec des discours rétrospectifs, est de recopier ici tel quel un passage de mon journal de cette époque :

Allé hier soir au lancement du film Les Misérables, *au palais Kaiserstein. C'était une soirée très diplomatique (moi, je représentais l'ambassadeur). Un diplomate américain qui était là m'a demandé si on allait voir le film, et je n'en savais rien, je lui dis que, à ma connaissance, il n'y avait pas de salle de projection dans le palais. Enfin, j'ai parlé avec une dame de la production. Elle m'a sorti du doute : le film n'étant pas encore tourné, il n'y aurait pas de projection ce soir. C'est le lancement du tournage que nous allions célébrer.*

Il y avait là une diplomate espagnole, une petite dame au visage de rat musqué. Elle se souvenait de moi, parce qu'elle avait été en poste en Roumanie. Elle m'a présenté une amie à elle, une Roumaine justement qui était là, et qui travaille dans le cinéma comme interprète : elle s'appelle Heliana Georgescu. Du coup, j'ai parlé roumain encore une fois toute la soirée. Heliana est une jolie grande fille blonde d'une trentaine d'années, j'imagine ; elle a des yeux bleus très vifs et de belles dents. Elle est venue ici il y a quelques années, et elle s'est installée. Elle n'est pas mariée. Elle parle couramment le tchèque et je pourrais prendre des leçons avec elle. Je ne voudrais pas cependant abandonner Barbara, mon nouveau professeur de tchèque, une Polonaise (elle aussi a de très beaux yeux bleus).

La diplomate espagnole a proposé que nous prenions des leçons ensemble avec Heliana. Cela pourrait être amusant. Je me vois bien dans les salons de son ambassade, buvant le thé, mangeant les gâteaux et balbutiant un tchèque mélangé de roumain.

Il est clair que Heliana, sur le moment, ne m'avait pas fait grand effet. Ses yeux seulement, extraordinaires d'intensité bleue. Ce que j'avais noté, ainsi que les dents. Mon journal est d'ordinaire assez peu romantique, et je confesse que j'y décris parfois les femmes selon des critères de maquignon. Cela n'a cependant aucune importance, il n'y a que moi qui lise mon journal.

Je dis à Heliana que j'étais marié et séparé de fait, en insistant beaucoup plus sur séparé que sur marié, et je pris note de son numéro de téléphone. Elle ne me répondit rien, sinon qu'elle n'était pas mariée, et c'est tout ce que j'ai su d'elle ce soir-là.

Clementina, elle, est mariée à un Russe. Il se nomme Alexandre, mais elle l'appelle par son diminutif, Sacha. C'est un grand bonhomme de soixante et quelques années, solide et gai, avec des yeux malicieux et un crâne en pointe, presque chauve. Son père, colonel de l'armée du tsar, a vécu toutes sortes d'aventures. Il a subi un simulacre d'exécution de la part des communistes, ce genre de choses qu'on ne voit que dans les films, mais il y a tout de même des gens à qui cela arrive en réalité, témoin le père de Sacha. On l'a collé au poteau, les mains liées derrière le dos, et il y avait devant lui de vrais soldats avec de vrais fusils. En joue, et là, *pamm*, il y a eu la détonation, la fumée, mais rien, *bouf*, il n'était pas mort. Juste un cauchemar. Il paraît que les communistes faisaient cela pour démoraliser les gens. Les pauvres, après cette expérience, devaient se retrouver avec de la merde plein le pantalon, et c'était une humiliation de plus. Le père de Sacha, quant à lui, était un gaillard si solide qu'il n'a même pas eu un battement de cœur plus rapide. Il aimait l'odeur de la poudre, les femmes et le vin. Il a passé six mois en prison, et s'est retrouvé par la suite dans les cadres de l'Armée rouge.

Sacha a rencontré Clementina en Russie, où elle est restée plus de douze ans. C'est tout à fait exceptionnel pour un diplomate, mais elle avait suivi là-bas son père, lui-même diplomate. D'abord secrétaire, elle avait passé des concours et finalement était devenue consul sur place. Elle est tombée sur Sacha dans un de ces cocktails du genre de celui où j'ai rencontré Heliana, ce qui peut d'une certaine manière justifier ce type de réceptions idiotes, ils se sont aimés, et, au bout d'un nombre incalculable de difficultés, elle a tout de même réussi à l'épouser. Il l'a suivie dans sa carrière à l'étranger. Ainsi, Sacha a passé quatre ans en Roumanie, où les Russes, cependant, ne sont pas plus aimés qu'à Prague.

Un soir que Clementina était occupée au consulat, je suis allé au cinéma, puis au restaurant avec Sacha et Heliana. Sacha parle français, mais un français à couper au couteau. Il a un accent terrible, et fait d'épouvantables fautes. Le plus difficile, c'est d'aller au cinéma avec lui, car il est enthousiaste et, de plus, intelligent. Il a toujours une quantité d'idées originales à exposer sur le film. En temps ordinaire, il parle très mal le français. Mais quand il est emballé, alors il devient tout à fait incompréhensible. Les mots se bousculent, se prennent l'un pour l'autre, ses phrases sont des constructions baroques, d'invraisemblables ponts jetés sur l'abîme de l'incommunicable. Le pire est qu'il est impossible de l'interrompre lorsqu'il est lancé : un soir, il avait parlé longuement à sa femme et à Heliana de la « sœur-sœur » d'un personnage, dont elles s'étaient demandé tout au long du commentaire de qui il s'agissait. Il s'était révélé au bout du compte que sœur-sœur, dans son langage à lui, signifiait belle-sœur.

J'eus la curiosité de demander à Sacha en quelle langue il parlait à Clementina, car il ne connaissait pas un mot d'espagnol. En revanche, elle parlait très bien le russe, m'avait dit Heliana : elle avait étudié cette langue à l'université et l'avait pratiquée pendant tout son séjour là-bas.

« Mais comment, me répondit Sacha, sans la moindre hésitation, moi parler elle frrrançais ! »

C'était un peu comme si je l'avais insulté. Il avait eu un haut-le-cœur, et s'était renversé en arrière.

J'avais profité de ce que Heliana était partie aux toilettes pour lui poser ma question en tête à tête. Heliana, je l'avais remarqué, allait très souvent aux toilettes. Je n'avais encore pas fait l'amour avec elle à cette époque, et je m'en tenais à des suppositions, je me disais qu'elle devait avoir ses règles et qu'elle allait changer sa petite serviette. Mais ses règles ne pouvaient tout de même pas durer un mois, et elle continuait à aller aux toilettes avec une fréquence exagérée. Malgré sa grande taille, elle devait avoir une petite vessie. Ou bien c'était nerveux, Heliana était une fille très nerveuse.

« Moi parler elle français toujourrrrs, disait donc Sacha, avec véhémence.

– Mais pourquoi, Sacha, puisque Clementina parle russe ? »

Il s'expliqua. Quand il parlait en russe, et avec une ardeur dont il serait paradoxal et cependant juste de dire qu'elle lui était coutumière, il utilisait toutes sortes d'expressions, de nuances, dont il n'était jamais sûr qu'elles seraient comprises par sa femme. Le russe, c'était sa langue et, dans sa langue, il ne pouvait s'empêcher de dire tout ce qui lui passait par la tête, d'exprimer les plus subtiles de ses pensées comme les variétés les plus délicates de ses impressions. Bien sûr, au début, il avait essayé de parler russe avec Clementina, et lorsqu'il lui demandait si elle comprenait, elle répondait qu'elle comprenait. Elle répondait toujours qu'elle comprenait. Mais, en vérité, elle ne saisissait ce qu'il disait que de manière approximative, et comme c'était une femme superficielle et vaine, et peu capable d'attention prolongée, elle ne lui en demandait pas plus. Alors il l'interrogeait (en russe) : « Mais qu'est-ce que tu as compris ? – J'ai compris que le personnage dont tu parles est amoureux de sa belle-sœur », répondait Clementina pour s'en débarrasser, car elle avait beaucoup de choses à préparer avant l'arrivée de ses invités, et Sacha lui-même aurait été mieux avisé de s'habiller au lieu de lui raconter des histoires.

Sacha, qui n'avait pas d'autre occupation, écrivait des scénarios pour le cinéma, et il n'était pas difficile d'obtenir de lui qu'il les raconte. Je n'avais pas pu comprendre si ces scénarios avaient fait au bout du compte l'objet de vrais films ou non, s'il s'agissait de scénarios de fiction ou de documentaires, de films russes, espagnols ou français.

Quand je l'interrogeais, il commençait toujours par répondre : « Mais oui, bien sûrrr ! » quelle que fût la question. C'était sa façon à lui de se donner le temps de réfléchir. Je suppose qu'il tentait de trouver un sens à ce qu'on lui demandait, et par la suite il avait encore à formuler une réponse traduite mentalement du russe. Du « oui, bien sûr », il en arrivait donc assez vite à un « mais pas du tout, évidemment » qui laissait l'interlocuteur perplexe.

Donc, elle approuvait toujours. « Mais en réalité, disait Sacha, elle du tout pas comprrendrrre rrrien ! »

Car, s'il s'était agi d'un type tout bonnement amoureux de sa belle-sœur, ça n'aurait pas été quelque chose qui valût la peine d'écrire un scénario. Les sentiments que Sacha avait voulu non pas exprimer, mais plutôt expliquer à Clementina ne pouvaient se résumer à une chose si élémentaire. Elle replaçait au milieu de la table le vase de fleurs qu'elle avait enlevé tout à l'heure pour le mettre sur la cheminée, et affirmait à Sacha qu'elle avait compris, « oui, j'ai compris, il était amoureux de sa belle-sœur ». Et cela mettait Sacha dans une rage folle. Aussi avait-il complètement renoncé, très peu de temps après leur mariage, à avoir avec sa femme le moindre échange en russe. Elle s'en plaignait beaucoup, car c'était pour elle un effort beaucoup plus considérable de comprendre le français abrupt de Sacha que son russe nuancé. Elle s'y était faite, cependant, et ce couple en était arrivé à une absence à peu près totale de communication, du moins par le langage. Il en résultait qu'ils s'entendaient mieux qu'aucun des couples que j'aie pu connaître.

Sacha fut enchanté de ce repas. Il était assis en face de moi sur la banquette, l'œil vif, le cheveu bien peigné et la pommette rose. Le restaurant était charmant, il ressemblait à une maison de particuliers. Il y avait des tableaux aux murs, des tapis, des guéridons, et toutes sortes de bibelots et de fleurs.

Nous avons raccompagné Sacha chez lui. Il était très content de ma voiture et en parlait avec beaucoup d'admiration. Un week-end que nous avions pris la route ensemble pour aller visiter un château dans les environs de Prague, il m'avait dit : « Ça, c'est pas être voiture, ça est avion ! » Et il regardait partout à l'intérieur, caressait les poignées des portes, considérait le plafond, montrait le tableau de bord et répétait : « Ça est vrraiment avion, pas voiture », et cela faisait rire Heliana.

Le week-end, on va visiter les châteaux, dans ce pays. Il y en a des quantités impressionnantes. Chaque colline est couronnée d'un château. Ils datent d'époques très différentes, car la manie du château remonte loin dans le temps et s'est perpétuée pour ainsi dire jusqu'à la période communiste. Il y en a de longs accrochés sur le rebord d'une falaise, de carrés entourés de hauts murs, de ronds, de pointus et de fiers, entés sur des rochers qui leur servent de fondations : il semble alors que la nature n'a modelé le relief capricieux des roches que pour faire contraste avec la monotonie des murailles.

On fait la visite accompagné d'un guide obligatoire qui montre invariablement la salle des trophées – macabre salle où sont alignées au mur les cornes de milliers d'innocentes victimes de la folie meurtrière des seigneurs chasseurs –, la salle des armures – où il y a un ou deux chevaux empaillés avec dessus une armure vide dont on explique combien elle pèse, et les touristes assemblés font « oh ! » ou « ah ! » ou « ha ! », selon leur langue –, la salle à manger de la famille princière, la salle des portraits de la famille princière – il est difficile d'imaginer que ces portraits n'ont pas été faits une fois pour toutes en série pour tous les châteaux de Bohême et de Moravie – et, si on paye un supplément ou si on est inscrit dans le bon circuit, on visite les chambres à coucher de la famille princière et même leurs salles de bains.

Il fallait tout de même que j'éprouve un sentiment assez vif pour Heliana, puisque j'ai accepté d'aller visiter des châteaux avec elle. Elle aimait les visites de châteaux, estimant qu'on y apprenait beaucoup de choses. Une fois, on s'était retrouvés derrière un rideau, dans le renfoncement d'une fenêtre par laquelle nous regardions le parc, et j'avais voulu profiter de cette intimité inattendue, troublante, pour tenter d'esquisser mon premier baiser. Elle m'avait regardé avec malice et avait écarté le rideau au moment précis où elle avait compris que j'allais effectuer ma tentative amoureuse.

Nous avons donc raccompagné Sacha chez lui : « Ah, mais voici l'avion, c'est vrai », dit-il, quand l'arrière de la voiture se releva sous l'effet de la pression hydraulique. Et Heliana rit : « Oui, Sacha, tu as raison, c'est l'avion. » Elle avait pris l'habitude maintenant de dire que ma voiture était un avion, mais quand nous doublions une autre voiture sur l'autoroute, et que le moteur en accélération faisait trop de bruit, elle disait : « *Bvouuuu*, mais qu'est-ce qu'il a, ton avion ? Il date de la guerre de 14, ou quoi ? »

Ce soir-là, on a roulé lentement dans les rues de Prague, en écoutant de la musique. On a traversé le Sver Muy Most, le pont qui va vers le tunnel Letensky. À gauche, le château flottait dans sa lumière bleutée. La Vltava était aussi plate qu'un miroir, et les cygnes qu'on devinait à leur silhouette pâle y paraissaient eux-mêmes immobiles, telles ces figurines de plâtre qu'on met dans les jardins. On a laissé Sacha devant sa porte, et je suis allé déposer Heliana devant la sienne, quelques rues plus loin.

Comme d'habitude, comme tous les soirs où je l'avais accompagnée, je me suis penché vers elle pour l'embrasser. Mais ce soir-là, pour la première fois, elle n'a pas retiré ses lèvres. Elle m'a laissé y joindre les miennes, d'abord légèrement, puis avec une pression plus forte. Ses lèvres à elle étaient chaudes et molles, et je les ai doucement écartées avec ma bouche. C'est ainsi qu'on a eu notre premier vrai baiser. Il a duré longtemps, et j'ai caressé ses seins, ses bras, ses épaules, ses cuisses, mais rien de plus (« niente di più », écrivait Barbey d'Aurevilly dans son journal). En me quittant, elle me dit cette chose étrange : « Cred că, dacă n-ai fi vorbit româneşte, nu te-aş fi sărutat ! (Je crois que, si tu n'avais pas parlé le roumain, je ne t'aurais pas embrassé !) » Et je me suis demandé si elle n'était pas nationaliste et s'il fallait passer un test linguistique avant de l'embrasser.

Clementina et Sacha me portaient donc chance avec Heliana.

Une autre fois, alors que Djaba Kitozani, le grand metteur en scène français d'origine géorgienne, était venu présenter un de ses films dans un festival à Prague, Clementina m'avait demandé de l'amener dîner chez elle. Elle l'avait connu en Russie, me dit-elle. J'avais transmis l'invitation à Kitozani qui n'avait pas fait de commentaire du genre : « Ah, oui, cette chère Clementina, bien sûr, ça me fait plaisir de la revoir, quelle coïncidence, le monde est bien petit. »

C'est ce qu'avait dit, par exemple, avec ce sens inné de la trouvaille que chacun a remarqué dans ses dialogues, le metteur en scène Pierre-Yves Naves. Lorsqu'il avait revu Heliana dans ce maudit théâtre, il s'était exclamé : « Le monde est bien petit », ce qui était parfaitement absurde puisqu'il avait rencontré Heliana la première fois à Prague, il n'y avait rien d'étonnant à ce qu'il la rencontrât une seconde fois au même endroit. Même dans la platitude, il était faible.

Kitozani avait accepté l'invitation de Clementina sans la moindre exclamation : de toutes les façons, me dit-il, il suivait avec obéissance le programme que je lui avais préparé, et peu lui importait où il allait dîner. Tout ce qu'il voulait, c'était des moments libres pour se promener dans les rues et aller de bar en bar.

Le soir où il avait présenté son film, on s'était retrouvés dans le bar de Lucerna, et il m'avait montré son verre : « Tu vois, c'est mon sixième, et rien du tout ! » Il avait accompagné ce « rien du tout » d'un geste de la main, à plat et tranchant l'air. Je ne savais pas ce que voulait dire ce « rien du tout », s'il était déçu de n'être pas ivre, ou au contraire s'il en était fier. Il est entré en scène en titubant un peu et en ricanant. Le directeur du festival, un homme de haute stature strictement habillé, à l'épaisse chevelure blonde, le présenta au public avec une moue, comme s'il regrettait d'avoir à le faire.

Kitozani, lui, est à peu près chauve, il a un long nez crochu et de tout petits yeux rentrés, qui ont l'air de se cacher pour épier les gens. Il avait une cravate noire ficelée autour du cou et un pantalon de velours avec de grosses poches aux genoux. Le directeur du festival a fait un discours assez long, a remercié une quantité d'ambassades et de sponsors, tout en surveillant du coin de l'œil Kitozani qui se balançait d'un pied sur l'autre. Puis il lui donna la parole. Le grand metteur en scène franco-géorgien dit qu'il n'aimait pas commenter ses films, que ses films parlaient d'eux-mêmes, et qu'il souhaitait une bonne soirée aux spectateurs.

Nous sommes donc arrivés chez Clementina assez tôt. En cours de route, j'avais plusieurs fois tenté de rappeler à Kitozani le souvenir de la consule d'Espagne, mais cela restait pour lui quelque chose de brumeux. Il ne niait pas la connaître, tout en fronçant les sourcils et en posant des questions qui ne nous approchaient pas toujours du but. « Ah, oui, c'est peut-être en Italie que je l'ai vue ! – Non, je ne crois pas qu'elle ait jamais été en poste en Italie. Vous avez fait sa connaissance à Moscou. » Il haussa les épaules avec indifférence, considérant que cela n'avait pas d'importance et qu'il la reconnaîtrait bien sur place.

C'est elle qui ouvrit la porte. Ils se jetèrent dans les bras l'un de l'autre en se congratulant. Je soupçonnai Kitozani de faire semblant de reconnaître Clementina, crainte, s'il y avait eu malentendu, d'être renvoyé à la rue où il lui faudrait se mettre en quête d'un restaurant. Je soupçonnai Clementina d'avoir pris un metteur en scène pour un autre et de jouer la comédie en s'apercevant qu'elle n'avait jamais vu de sa vie ce chauve aux yeux enfoncés, dont la moustache jaunie lui irritait les joues – sans parler de l'effet dévastateur de son haleine. Elle ne pouvait tout de même pas jeter dehors ses invités, venus de toute façon pour Kitozani. Ils décidèrent donc, sans se consulter, d'être les meilleurs amis du monde.

Kitozani se laissa tomber dans le canapé et réclama sans façons un whisky, un vrai, pas ce fond de verre qu'on vous sert avec cérémonie dans les cafés de cette ville trop prude et trop allemande. Clementina partit vers le buffet avec une précipitation de souris, pendant que Heliana, elle était là, bien sûr, mettait sur la table les amandes et les gâteaux salés. Elle avait une jupe rouge, je voyais ses genoux et une partie de ses cuisses tandis qu'elle nous servait. Elle s'en aperçut et me regarda en fronçant les sourcils, mais ses yeux souriaient.

Kitozani était enchanté. Clementina a un grand appartement très joliment meublé, ma foi. Ses meubles la suivent partout où elle va, c'est une chose toujours fascinante que ces diplomates qui promènent à travers le monde leurs guéridons et leur vaisselle ramassée un peu partout, et leurs grosses armoires rustiques, aux frais des contribuables. Du salon, on voyait par la fenêtre la silhouette grandiose du château illuminé.

Le canapé était confortable, on s'y enfonçait comme dans une piscine, les pieds de Kitozani ne touchaient plus terre. Il se mit à parler russe avec Sacha : celui-ci pouvait enfin s'en donner à cœur joie et raconter des histoires à quelqu'un qui comprenait toutes les nuances de sa pensée, et de plus était cinéaste. Allait-il essayer de lui refiler un scénario sans que je le sache? Qui sait si Clementina n'avait pas invité Kitozani au culot, rien que pour essayer de placer un scénario de son mari ?

Je me sentais très bien, je m'étais assis à côté de Kitozani, et je regardais les genoux de Heliana. Elle avait renoncé à s'en formaliser. Sans le vouloir, car il est terriblement ironique, Kitozani dégage une sorte de chaleur sympathique. Il me fait penser à Paul (le directeur de galerie qui connaît si bien Christiane), ils sont tous deux chauves, ils ont le même nez coupant, et aussi les yeux enfoncés. Mais Paul est petit et anxieux, tandis que Kitozani est un grand type, une sorte de don Quichotte tranquille qui avancerait en vacillant, empêtré dans son armure d'osier – les artistes n'ont jamais que des armes de pacotille. Je sentis cette chaleur, cette bienveillance à mon égard lorsqu'il choqua son verre contre le mien.

Clementina avait invité le directeur de la section russe de Fréquence libre Europe, un Espagnol, parfaitement russophone, arrivé très en retard, avec sa femme russe. Autour de la table, on s'exprimait donc en russe, en espagnol et en français. Heliana et moi, on faisait des apartés en roumain. Kitozani nous apprit plein de choses sur le géorgien, une langue caucasienne n'ayant rien à voir avec le russe, bien entendu. C'était une chose passionnante que de l'entendre parler, il disait que les Géorgiens étaient capables de boire beaucoup plus que les Russes, sans jamais être ivres, et moi, j'étais très bien tout près de Heliana que Clementina avait eu la bonne idée de placer à côté de moi. Je respirais son parfum : « Voníš (tu sens bon) », lui ai-je dit, en tchèque, pour qu'il y eût au moins un mot de tchèque de prononcé ce soir-là. Elle sembla heureuse de mon compliment. À la fin du repas, le directeur de la section russe tint absolument à raccompagner lui-même Kitozani, ce qui m'arrangeait bien.

Je partis avec Heliana. Arrivés devant chez elle, nous avons longuement flirté dans la voiture. Elle paraissait très éprise, elle m'embrassait avec passion, et puis, profitant de l'obscurité, elle se pencha, et ce qu'elle me fit ce soir-là, je n'ai pas besoin de l'expliquer. Je regardais la rue qui allait se perdre dans le noir, et je m'épanchai dans sa bouche en poussant un soupir.

J'étais fou de la bouche de Heliana, et de sa langue. Comme elle était interprète, et qu'elle parlait tant de langues (c'est par ce moyen qu'elle gagnait sa vie), je lui disais : « Mais toi, tu vis avec ta langue, voilà pourquoi elle est si habile et si souple, et si vivante, c'est parce qu'elle est ton gagne-pain, qu'est-ce que tu ferais sans ta langue ? » Et elle en convenait en riant, cela lui plaisait aussi, cette légère ambiguïté de la proposition, qu'elle gagnait sa vie avec sa bouche, au fond comme Anita, mais d'une autre manière.

Un soir, tandis que nous faisions l'amour devant la télé et qu'il était très tard, au milieu de la nuit, on a vu un film pornographique. Il y avait un salon avec des dames et des messieurs très bien habillés, ils étaient en smoking et les femmes en robe du soir. Les femmes se sont mises à genoux, ont défait les braguettes des hommes, et ont entrepris d'impressionnantes fellations. Une en particulier, au premier rang, le plus près de la caméra. Elle entrait très loin le sexe dans sa bouche, et maintenait sa langue à l'extérieur, on voyait sa langue, et ainsi l'on était sûr que la sensation de l'homme devait être divine. J'ai dit à Heliana : « Tu as vu, tu ne peux pas faire comme la dame, toi, avec ta langue qui sait si bien tout faire ? » Alors, elle a fait comme la dame, et tout s'est éclairé autour de moi.

Avec le numéro de téléphone de Clementina, j'avais donc perdu encore un des fils susceptibles de me conduire à Heliana. Malgré la clarté du ciel ce matin-là, et la gaieté de la lumière qui se répandait dans ma chambre, je n'avais pas de goût à vivre. Je ne faisais qu'aller où je devais, avec dans le ventre cette grosse boule d'angoisse, contre laquelle je n'avais pas de remède. Heureusement, ce jour-là, une mission m'appelait en dehors de Prague, et l'idée de prendre la route dans ma voiture-avion me soulageait un peu.

Christiane m'attendait au quatrième étage de l'immeuble. Elle me regarda, elle se rendait sûrement compte que quelque chose n'allait pas, mais elle n'osa pas me faire de remarque. Voilà, dit-elle, tout est prêt, je prends les dossiers et on peut partir. Elle était très pâle, et même je lui trouvai le teint jaune, trahissant plus que d'habitude ses origines arabes. Ses yeux tragiques et ses lèvres fines en faisaient une héroïne de théâtre. Peut-être avait-elle aussi des ennuis. Alors, on y va, dis-je. Elle eut sa petite mimique des mauvais moments, quand quelque chose ne va pas et qu'elle peine à se décider à m'en faire part. Oui, dit-elle, mais si vous permettez, je voudrais aller d'abord aux toilettes. Évidemment, Christiane, on a le temps. Elle y alla donc, aux toilettes, pendant que je me promenais dans le couloir.

Cela me faisait penser à Heliana, bien que Christiane, autant que je le sache, ne soit pas une fille qui va très souvent aux toilettes. Sans doute avait-elle ses petites affaires et pensait-elle que la route serait longue, que je ne m'arrêterais pas et qu'il valait mieux prendre ses précautions avant le départ. L'effort qu'elle avait fait pour retarder notre départ le temps d'aller aux toilettes n'était rien par rapport à l'effort de me demander de nous arrêter en route. Christiane est quelqu'un qui sait vivre avec sa timidité.

Nous allions à Plakanek, en Moravie, une très jolie petite ville où nous préparions pour l'été un festival de musique avec des musiciens français, qui donnaient aussi des cours à des étudiants. Le maire de cette ville avait de l'entregent : il s'était mis en tête d'organiser un festival, qu'il finançait grâce à l'aide des ambassades étrangères. Il n'ignorait pas plus que les autres que l'ambassade de France a des moyens quand il s'agit de culture, et il nous avait sollicités, bien sûr. J'allais là-bas pour discuter avec lui du prochain festival, le troisième.

C'était un homme très sympathique, quoique un peu mégalomane. Sur le programme du festival de l'année précédente, dont un exemplaire était inséré dans le dossier de Christiane, il figurait en grand sur la page de couverture, une page dépliante, les bras écartés, comme s'il vous accueillait dans sa bonne ville de Plakanek qu'on découvrait en arrière-plan. On voyait la belle place rectangulaire, à l'allemande, une place très longue et bordée de maisons aux tons pastel, avec une haute statue comme l'on en trouve dans toutes les villes de ce pays, ces statues qu'on érigeait pour remercier Dieu d'avoir échappé à la peste. Il n'y a à peu près rien d'autre à Plakanek que cette place, et le maire n'est, je crois, jamais allé ailleurs que sur cette place, de sorte qu'il est au mieux le maire d'une place. Pourquoi n'y aurait-il pas en somme des maires de place, ainsi qu'il y a des maires d'arrondissement dans les grandes villes, afin que davantage de gens puissent s'étaler les bras larges ouverts sur des couvertures de catalogue ?

C'était la première fois que j'avais l'occasion d'être longtemps seul avec Christiane. J'aurais pu en profiter pour parler avec elle, lui faire raconter son enfance, comment son père avait quitté sa mère, et toutes ces choses qu'elle avait dites à Paul, et qu'elle me raconterait peut-être à moi aussi, et même, qui sait, d'autres choses que Paul ignorait. Mais j'étais tellement préoccupé par la manière dont je pourrais essayer de joindre Heliana que l'enfance malheureuse de Christiane ne pouvait pas m'intéresser.

Elle s'installa à côté de moi, après avoir posé son sac dans mon coffre avec les jouets qu'avait laissés mon fils lors de son dernier passage à Prague. Elle me dit que ma voiture était confortable, et je répondis que oui, elle était comme un avion. Ah bon ? Je ne sais pas, je n'ai jamais pris l'avion. Comment, Christiane, tu n'as jamais pris l'avion ? Non, elle avait peur, elle ne voyageait qu'en train, et rarement en voiture.

Je lui passai mon téléphone mobile. « Pourrais-tu appeler le consulat espagnol, et demander Clementina Tardes ? » C'était la première fois que Christiane avait en main un téléphone mobile, et elle ne savait pas s'en servir. Je lui dis de faire le numéro précédé de 02, et d'appuyer ensuite sur la touche où était dessiné un téléphone vert. « Ça ne marche pas », me dit-elle d'un ton résolu, après deux tentatives infructueuses. Montre-moi. Elle me montra, le numéro était bien inscrit sur l'écran, mais elle n'avait pas dû appuyer assez nettement sur la touche verte. Je lui dis d'appuyer encore. « Ça marche, me dit-elle, ça sonne. » Elle ferma les yeux pour bien se concentrer sur la conversation qui allait suivre, et en effet quelqu'un répondit.

Christiane demanda : « Můžu mluvit s paní Tardesovou, prosím ? » On lui répondit au bout du fil que Mme Tardes était malade. « Ils me disent qu'elle n'est pas là, elle est malade, me dit Christiane. – Je m'y attendais, dis que je dois absolument lui parler, c'est très urgent et très important. – Pan Dolet říká, že musí absolutní mluvit s paní Tardesovou. Je to duležité a urgentní », insista Christiane, avec une réelle conviction, comme si sa propre vie avait été en jeu. Elle me jeta un coup d'œil pour s'assurer qu'elle parlait bien comme je le voulais. Ils lui répondirent qu'ils ne pouvaient pas me donner le numéro personnel de Clementina, mais qu'ils allaient l'appeler chez elle et la prier de me téléphoner. « Ils disent que, si vous voulez, ils vont demander à Mme Tardes de vous téléphoner. En fait, ils regrettent de ne pouvoir vous donner son numéro privé, mais ça, ça peut se comprendre », ajouta Christiane, qui voulait bien m'aider, mais savait qu'il y avait aussi des règles qu'elle connaissait d'autant mieux que je lui avais défendu moi-même, un jour, de donner mon numéro privé à quiconque.

Elle semblait en disant cela fixer des yeux un point devant elle, un peu au-dessous du tableau de bord, et comme je réfléchissais et ne répondais pas tout de suite, elle m'interrogea du regard. Donne-leur mon numéro de mobile, qu'elle m'appelle aussitôt que possible, dis-je, tandis que devant nous l'autoroute descendait en tournant au milieu d'une grande forêt. « Pan Dolet říká, že paní Tardesová musí zavolat rychle. On má mobilní telefon. » Vous pouvez me donner votre numéro ? « Jeho číslo je 0502310708. Děkuju, na shledanou. » Puis après une seconde d'hésitation : « A prosím vás, nezapomeňte, je to velmi důležité ! (N'oubliez pas, c'est très important !) Comment on raccroche ? » demanda-t-elle. Tu appuies sur le petit téléphone rouge. Elle se mit à regarder devant elle, l'air préoccupé. « Je pense qu'elle va rappeler », affirma-t-elle, pour me rassurer.

Quand il s'agissait d'une exposition ou d'un concert, le rôle de Christiane était de m'inquiéter, mais pour ce qui concernait la vie de tous les jours, la vie privée, elle était toujours persuadée que tout allait s'arranger. Si je lui disais que j'avais mal à la tête, ou que je sentais venir un rhume, après s'être assurée que j'avais pris assez d'aspirine, elle avait une petite moue, inimitable : ses lèvres si joliment dessinées se rassemblaient en un amalgame douloureux de chairs comprimées, elle fronçait les sourcils et, tout en évitant avec soin mon regard, elle imprégnait le sien d'une attentive compréhension et disait, d'un ton convaincu : « Cela passera, ne vous inquiétez pas ! »

Ma voiture filait sur l'autoroute de Brno.

Il est difficile de comparer l'autoroute de Brno avec l'un de ces grands axes traversant les États-Unis par exemple, ou l'Afrique du Sud. Une fois, j'ai loué une voiture en Namibie, pour le seul plaisir de parcourir des heures durant une route toute droite tracée en plein désert, et sur laquelle je n'ai croisé à peu près personne. Je me suis arrêté sur une aire de pique-nique aménagée – c'était l'époque du protectorat sud-africain. J'y trouvai une pancarte avertissant l'éventuel contrevenant qu'une amende importante lui serait infligée s'il laissait du papier gras par terre, alors qu'il y avait trois ou quatre poubelles prêtes à recueillir ledit papier. Autour de moi, de tous côtés, le désert s'étalait, plat et nu jusqu'à l'horizon. Il n'y avait aucune vie perceptible à des dizaines de kilomètres à la ronde. Mais la pancarte suffisait à préserver la propreté du lieu, que je me gardai bien de souiller.

J'aurais aimé conduire une voiture sur une route de Namibie, Christiane à mon côté, sans échanger avec elle le moindre mot. Je me plaisais à partager son mutisme. J'aurais pu lui dire que j'avais rêvé d'elle, mais à quoi bon ? Elle aurait cru à je ne sais quelle tentative grossière de la séduire.

Heliana rêve souvent, toutes les nuits ou presque, et s'en plaint. « Oh, là, là, *bouf*, j'ai encore rêvé, un vrai Cinémascope dans ma tête, où est-ce que je vais chercher tout ça ? » Un jour, elle m'avait raconté un de ses rêves. Je crois que c'était à une époque où nous nous connaissions peu, ce qui était d'autant plus surprenant pour moi. On descendait la fameuse colline de Petrin, d'où on a cette vue si extraordinaire sur Prague, en empruntant l'allée en colimaçon jusqu'à la rue Karmelitzka. C'est une promenade romantique, et Heliana avait voulu ce jour-là, semble-t-il, faire avec moi une promenade romantique. Elle était très contente d'avoir quelqu'un pour parler en roumain, car, m'avait-elle avoué, les occasions ne se présentaient pas souvent pour elle. Et sans que je lui demande rien, elle s'était mise à me raconter un de ses rêves.

Elle était dans une église (une église orthodoxe) et là, il y avait un type qui jouait du violon avec, à côté de lui, un enfant tenant une sébile. Heliana, plutôt généreuse, et même bonne, chercha dans son sac une pièce de monnaie à offrir à l'enfant. Elle en trouva une, qu'elle donna, et puis, comme cela lui paraissait trop peu, elle chercha de nouveau. Quelqu'un près d'elle, moins charitable, lui dit : « Heliana, qu'est-ce que tu fais ? Tu ne crois pas que ça suffit ? S'il a besoin de tant d'argent, tu ne crois pas qu'il pourrait travailler comme toi ? » Cette personne faisait allusion au violoniste sans doute. Mais Heliana passa outre, et se mit à vider son sac de toute la monnaie qu'il contenait, et la donna à l'enfant. Alors, celui-ci se mit à grandir, à grandir, tandis que le violoniste jouait avec une force de plus en plus grande, jusqu'à la frénésie. L'église n'était pas assez haute pour contenir l'enfant, et une fabuleuse lumière l'envahit (peut-être que le plafond avait crevé ?). À ce moment-là, tout m'émerveillait chez Heliana, et donc ce rêve aussi.

« Est-ce que tu es généreuse dans tes rêves ? » demandai-je à Christiane. On pouvait poser à Christiane les questions les plus incongrues dans les circonstances les plus inattendues, elle ne paraissait jamais s'en étonner. Elle devait avoir les défenses immunitaires des timides. Sachant qu'un rien peut les déstabiliser, ils se prémunissent également contre tous les niveaux d'agression qui leur viennent de l'extérieur. J'aurais pu demander à Christiane sur le même ton : « Est-ce que tu prends du sucre dans ton café ? » ou : « Est-ce que tu as déjà rêvé de coucher avec ton père ? » Elle aurait, elle aussi, répondu sur le même ton, et après le même temps de latence.

Quand nous sommes arrivés à Plakanek, la pluie avait commencé à tomber. Le ciel était tourmenté, il y avait par endroits de grosses masses noires, et puis des zones plus claires où l'on apercevait des touches bleutées. Mon ciel intérieur, à moi, n'était pas comme celui de Plakanek, il était d'un gris uniforme, et pas une goutte ne tombait. Un vent morne soufflait, qui était celui de l'angoisse et empêchait de rien entendre. C'est à peine si l'on pouvait discerner quelque gémissement sourd, contenu, s'étouffant dans le clair-obscur. Qu'avais-je donc fait pour perdre Heliana ?

Le maire, un très grand type au crâne dégarni, était descendu sur le perron de la mairie, accompagné de son assistante. Je lui remis des livres d'art, petit cadeau de l'ambassade destiné à entretenir notre amitié. Il me remercia, et, m'enveloppant de son bras, m'entraîna vers l'escalier. Derrière, Christiane suivait avec l'assistante, et elles commençaient à discuter de questions qui les agitaient beaucoup l'une et l'autre, car l'assistante du maire de Plakanek, Mme Kellerova, sans cesse tracassée par ce grand bonhomme, était anxieuse elle aussi.

Moi, j'aime bien le maire de Plakanek. C'est un homme typique de la transition. Il avait commencé ses études et sa carrière sous le régime communiste sans pour autant s'être mis en avant, sans avoir donc exercé de responsabilités trop visibles au sein du parti. Après la révolution, il avait su prendre la vague des réformes et se laisser porter par elle. Il était maire, sénateur, dirigeait bien ses affaires, et voulait mettre en valeur le patrimoine architectural de sa petite ville, ou de sa grande place. Il s'essayait aussi à lancer des jumelages avec toutes sortes de villes d'Europe, dont Castegnac, dans le sud de la France.

Ce dont il était le plus fier, c'était d'une villa de trois étages et vingt pièces, qu'il faisait construire sur la périphérie de la place (autrement dit, dans cet agglomérat de maisons entourant la place, qui n'étaient plus la place mais étaient encore le village) pour les hôtes de passage, selon une tradition dont il avait oublié peut-être qu'elle avait été celle des grandes villes de province devant accueillir, de temps à autre, les apparatchiks en déplacement.

Là, il y avait un énorme chantier qu'il m'avait fait visiter en décembre dernier. Enveloppé de son ample manteau, il n'avait pas craint de mettre ses chaussures vernies et les miennes dans la boue, et de me faire passer sur des planches branlantes pour explorer des pièces vides, aux murs inachevés, dont les fenêtres béantes laissaient tomber sur nous le souffle glacial de l'hiver. De gros fils électriques rouges, verts et jaunes, des tuyaux interrompus, des tiges métalliques torsadées sortaient au hasard des parois de béton. J'avais l'impression d'être pris dans un labyrinthe et les ouvriers que nous croisions de temps à autre, dispersés, sans raison apparente, pour accomplir des tâches qu'il ne m'était pas toujours facile d'identifier, nous regardaient avec une ironie cruelle, comme s'ils pensaient que nous ne retrouverions pas notre chemin, et qu'il nous faudrait bientôt nous adresser à eux. Mais le maire de Plakanek, s'il hésitait bien, il est vrai, de temps à autre, arrivait toujours à franchir la bonne planche et nous faisait avancer, toujours plus avant, dans les entrailles ouvertes de sa villa d'hôtes.

Nous avions fini par arriver dans une pièce qui en était le sanctuaire. Là, enchâssée au milieu d'une cloison de ciment grossier, placée juste dans l'éclairage fortuit lui venant d'une trouée du mur d'en face, il y avait une vierge aux mains jointes, une vierge mince, la tête penchée vers la gauche. Sa robe était d'un bleu passé, écaillé çà et là, et piqué d'étoiles. Ses mains étaient très longues et ses doigts pointus, son regard montrait moins de béatitude ou d'adoration qu'une parfaite sérénité, une sorte d'indifférence éternelle tant à l'égard du peintre dont elle était l'œuvre, qu'à celui des fidèles venus la contempler. On l'avait découverte pendant les travaux, reste d'une fresque recouvrant le mur d'une église enfouie ici. La chose avait fait grand bruit, le maire de Plakanek avait été félicité et photographié auprès de la vierge impassible, et cette photographie avait même fait le tour des journaux. Les travaux n'avaient pas été interrompus pour si peu et, après quelques fouilles réglementaires sans résultat, le maire de Plakanek s'était engagé à conserver la Sainte Vierge dans sa villa, à la restaurer, et à la mettre en valeur en l'enchâssant dans un mur, comme une icône, l'authentique joyau de ces lieux.

La première fois que j'avais fait l'amour avec Heliana, ce n'était pas après une visite chez Clementina, ou après un dîner avec Sacha. Non, c'était après une de nos leçons de tchèque.

Il faut raconter d'abord ma première leçon de tchèque : j'habitais alors à Podoli. Heliana n'avait pas fait de difficultés pour accepter de venir chez moi donner les leçons. Dans ma salle à manger, j'avais des meubles rustiques peints en blanc que j'avais rapportés de Roumanie, et nous nous sommes installés autour d'une table ronde. Elle avait sorti de son sac des lunettes : cela m'avait étonné, parce que je ne l'avais jamais vue avec des lunettes, et je l'avais trouvée émouvante, lorsqu'elle me révéla cette petite infirmité qui, pour moi, ne faisait qu'ajouter à sa grâce.

Lorsqu'elle commença sa leçon, elle était émue : elle voulait bien faire, ou elle tenait à mon estime.

Elle s'adressa à moi comme un professeur à ses élèves, un jour de rentrée : il fallait que j'achète un cahier, parce qu'il n'était pas sérieux de se contenter de feuilles volantes. On les perd, et elles ne permettent pas de voir les progrès, ou de revenir en arrière, pour se remémorer les leçons précédentes. De même, il me fallait un répertoire, où je noterais au fur et à mesure les mots nouveaux. Elle me parlait en roumain, et tous les exercices que nous faisions, nous les faisions à partir du roumain. Elle me faisait faire des traductions. Elle voulait aussi que j'apprenne selon une progression mesurée : pas tous les cas d'un seul coup, mais en premier lieu l'accusatif et le génitif singuliers, sur lesquels je devais me concentrer jusqu'à ce que je sois devenu suffisamment habile à les manier pour passer à autre chose.

Je l'avais ramenée chez elle en voiture à la fin de la leçon, sans rien entreprendre, car son attitude me faisait comprendre qu'il était trop tôt pour de telles tentatives, et que ce n'était pas avec elle la bonne stratégie à mener. Je m'étais même demandé si cette fille, auprès de laquelle je me sentais si tranquille, et qui prenait sur moi un tel ascendant, n'aurait pas mérité que je renonce à la séduire.

Donc, après cette autre leçon de tchèque, qui était au moins la vingtième, elle était fière de son élève et pensait qu'on méritait une distraction. On s'était installés sur le canapé, devant ma télévision aux multiples chaînes dans de nombreuses langues, et, comme elle est cinéphile, je lui avais proposé de voir un de ces films en noir et blanc qui n'ont pas encore été colorisés. J'avais bien installé les coussins, lui avais offert un jus de fruits, et je m'étais moi-même servi un pastis. Pendant le film, ou plutôt vers la fin du film, tant attendue qu'il n'était pas nécessaire de la regarder, bien sûr, j'ai voulu profiter des avantages que j'avais remportés au fil du temps.

C'est peut-être parce que les choses se sont passées très progressivement avec Heliana que j'ai renoncé sans m'en rendre compte à mon idée de ne pas la séduire. De fait, quand j'ai pensé prendre cette résolution, de rester simplement son ami, de faire cette expérience d'avoir une amie qui ne fût rien d'autre qu'une amie, comme en ont les homosexuels – sans le savoir, j'avais déjà commencé à la séduire, il était trop tard. Donc, je l'ai prise dans mes bras, et nous avons flirté.

Elle était en jupe, et ma main gauche alla chercher l'aventure aussi loin que possible. Elle se laissa faire. Je l'ai déshabillée, et je me souviens que je me suis mis à genoux devant le canapé. Dans la lumière de la télévision, qui faisait de Heliana elle-même une figure lumineuse et mouvante, laquelle, selon les plans du film tour à tour s'éclairait ou plongeait dans l'ombre, j'ai écarté sa jambe droite. Elle s'est un peu reculée dans le fond du canapé, et a accompagné mon geste, elle a légèrement relevé sa jambe nue, j'ai recueilli dans ma main son pied, et elle a d'elle-même écarté sa jambe vers la droite, de manière à m'offrir son sexe, et j'étais ébloui par l'élégance extrême de son mouvement, cette longue jambe d'héroïne de film, s'écartant avec lenteur comme s'ouvre un rideau de théâtre, tandis que Heliana, éclairée en noir et blanc, fermait les yeux et attendait que je vienne lui offrir le plaisir auquel elle consentait enfin.

Le mouvement de cette jambe et l'expression du visage de Heliana qui fermait les yeux et que, par une sorte de pudeur surgie du hasard, l'écran de télévision, en s'assombrissant, plongeait dans la pénombre, sont restés très vivants, très présents dans ma mémoire, ainsi qu'une séquence de film, justement, que je me projetais de temps à autre, et même en parlant au maire de Plakanek.

Il me faisait visiter sa mairie.

Il y avait un grand escalier qui s'écartait en deux volées de marches, et l'on parvenait au premier étage où étaient les bureaux, et la salle d'honneur surtout, la salle des réunions et des mariages, où nous allâmes nous installer. Le maire en était très fier, à cause d'une immense tapisserie d'un artiste contemporain, de style néo-symbolique, avec des oiseaux stylisés, une végétation du genre de celle que Radka me colle dans la salle de bains, et des formes abstraites, colorées en vert et orange. Il était fier aussi de la table, une table démesurée, d'au moins quinze mètres de long, et à laquelle nous nous installâmes tous les quatre pour discuter.

Après notre séance de travail, nous sommes allés au château visiter les différentes salles de musique et, quand nous avons retrouvé la place de Plakanek, le soleil était revenu. Le maire nous a emmenés dans le restaurant d'un hôtel, et nous avons mangé une truite sur la terrasse. Christiane avait mis des lunettes de soleil et mangeait son poisson avec élégance, comme si elle avait été à une table princière, en tenant son couteau entre deux doigts.

Il paraît qu'à la fin du mois de juin, dans cette région réputée pour ses truites, on vide les lacs et on ramasse toutes les truites qui n'ont pas été pêchées. Les gens viennent de partout, avec des camionnettes, qu'ils bourrent de truites : ils les ramènent chez eux et les mettent dans leurs congélateurs. On remplit les lacs, qu'on repeuple de nouvelles truites, et voilà comment on évite que l'espèce ne dégénère.

Le maire m'a fait ensuite visiter l'hôtel, car il m'encourageait à venir passer un week-end à Plakanek, il me prêterait une bicyclette pour faire des balades dans la région. Il y avait une belle chambre donnant sur la place, vaste, avec des rideaux bleus. L'aménagement était amusant : il y avait une sorte d'estrade sur laquelle était placé le lit, un grand lit de fer forgé avec un couvre-lit bleu, et les deux tables de nuit. Le reste était occupé par une commode, une grosse armoire et une table sur laquelle était posée la télévision qu'on pouvait regarder du lit. À droite de l'entrée, une salle de bains spacieuse, toute neuve, aux carreaux blancs et bleus. À l'idée que j'aurais pu venir là un jour avec Heliana, mais que cette possibilité s'évanouissait à cause de sa disparition, mon cœur s'est serré, j'ai senti de nouveau ce nœud d'angoisse au creux de mon estomac, tandis que s'épaississait encore cette espèce de brouillard invisible qui me semblait envelopper toutes choses.

Il était l'heure de rentrer à Prague. Nous fîmes des adieux émus au maire de Plakanek et à son assistante. Ils tinrent à nous accompagner jusqu'à la voiture, malgré la pluie qui recommençait à tomber. L'assistante, pensant à tout, avait ouvert un large parapluie noir. Christiane, pour sa part, devait aller à Brno, où je lui proposai de la déposer. Elle m'expliqua que, bien entendu, cela lui ferait plaisir, mais il y avait des autobus qui pouvaient l'emmener de Plakanek à Brno, il ne fallait pas, si j'étais pressé, faire ce petit détour. « Certes, ajouta Christiane, ce n'est pas vraiment un détour excessif, mais tout de même, au lieu de prendre tout de suite l'autoroute, il faudra que vous entriez dans la ville, ou bien que vous me laissiez au bord de l'autoroute, mais à ce moment-là, je préférerais prendre le bus d'ici, parce que ce serait compliqué pour moi de regagner le centre de Brno à partir de l'autoroute. » Elle se mit à sourire, consciente qu'elle s'était embarquée dans un discours sinueux comme un échangeur d'autoroute, et, haussant les épaules, elle me dit : « Bon, après tout, si vous me le proposez si gentiment, j'accepte. » Et elle parut toute fière d'avoir eu au bout du compte la simplicité de cette réponse.

Je la déposai et me sentis un peu soulagé d'être seul au volant de mon avion pour rentrer à Prague. J'allai vite, et je mis un disque, un de ces disques que j'aime et que je fais rejouer autant de fois que je veux grâce aux commandes sophistiquées de ma voiture. Alors, je commence à pleurer, et c'est un moment délicieux pour moi, de pleurer en voiture en écoutant de la musique. Je le faisais assez souvent, à vrai dire, même quand Heliana n'avait pas disparu, il suffit que je sois seul et que j'aie du temps devant moi, et l'occasion. Je choisis un disque de musique qui me fasse pleurer. Des chansons de Patricia Kass par exemple, ou des tangos argentins, ou *Madame Butterfly*, chantée par la Callas, ou la musique de *Bagdad Café*, ou bien, à une époque, *Caruso*, chanté par Pavarotti, parce que cela me rappelait Rachida.

Je n'écoute plus *Caruso* depuis mon dernier séjour à Paris. J'étais venu par l'avion de l'après-midi, et Ilinca m'attendait chez elle. Elle m'avait fait tout un théâtre, elle avait fermé les rideaux, allumé une lumière douce, une de ces lampes halogènes dont on règle l'intensité grâce à un curseur de plastique, et mis un disque de succès italiens, dont *Caruso*. C'est dans cette situation que j'ai dû la baiser, sur son grand lit devant lequel elle avait dressé un miroir, et tandis que je la pénétrais profondément et qu'elle disait « j'aime que tu me pénètres profondément », il fallait endurer les échos de la « canzonetta » qui venait de la pièce voisine, car la chaîne stéréo n'était même pas dans sa chambre.

Je pleure en écoutant ce genre de musique, parce que la vie est plutôt faite pour pleurer et que, moi, je me délecte à pleurer tout seul, je n'ai besoin des autres que pour rire.

Dans les intervalles où je ne pleurais pas, j'essayai encore de comprendre ce qui se passait avec Heliana, et d'examiner toutes les hypothèses susceptibles d'expliquer sa disparition.

Je n'avais jamais envisagé qu'il pût lui être arrivé quelque chose, un accident, ou qu'elle fût morte, par exemple, toute seule dans sa chambre, sans que personne le sache. Cette hypothèse-là ne me paraissait pas vraisemblable, elle ne coïncidait pas du tout avec le personnage de Heliana, même si, elle aussi, avait une fois effleuré la mort, comme Lucie.

Heliana avait peu évoqué son passé, qui me demeurait très mystérieux, et cela semblait nous convenir à tous les deux : à moi, il était pénible d'imaginer qu'elle avait pu avoir une vie dans laquelle je n'entrais pas le moins du monde, j'étais donc peu enclin à la presser de questions et, de son côté, elle ne paraissait pas très désireuse de me raconter ce qu'elle considérait sans doute comme son passé à elle, qu'elle n'avait pas encore eu envie de partager avec moi, parce qu'elle ne se sentait pas assez en confiance, ou bien parce qu'elle n'avait pas encore tout à fait détaché d'elle une partie de ce passé.

Après une leçon de tchèque dans le parc de Konopiste, au pied d'un chêne, elle m'avait tout de même raconté en pleurant une histoire terrible. Elle avait eu un ami tchèque, il y a quelques années, un jeune homme, un avocat, qui faisait des affaires. Elle avait dû me le décrire et me donner davantage de détails sur lui, mais je ne l'écoutais plus très attentivement, dès lors qu'elle évoquait un homme et qu'il s'agissait d'une histoire où je n'entrais pas. Elle m'avait parlé de lui comme d'un ami très cher, il était pour elle toute sa famille ici, ou quelque chose du genre, et les termes dans lesquels elle le présentait ne laissaient rien supposer de précis, ne signifiaient pas qu'il avait été son amant, tout en laissant ouverte cette possibilité. Comme je n'avais pas voulu poser de questions pour éclairer ce point, j'ignore encore quel était au juste le genre de relations qu'il avait eues avec elle.

Or cet homme brassait des affaires et maniait, semble-t-il, beaucoup d'argent. Il s'était fait des ennemis, et de l'espèce la plus dangereuse, de sorte qu'il s'était trouvé aux prises avec une mafia, russe ou ukrainienne, et celle-ci avait fini par lui régler son compte : ils l'avaient tué dans son cabinet, et même découpé en morceaux. En racontant, Heliana a employé ces termes : « Ils l'ont coupé en morceaux. » Qu'entendait-elle par là ? Est-ce qu'elle a voulu dire qu'ils l'ont tué de plusieurs coups de couteau, si bien qu'il paraissait coupé en morceaux, ce qui serait une image, une expression, ou réellement l'ont-ils découpé, de sorte qu'il y avait dans la pièce des bouts de corps, un bras sur la table, la tête sur le canapé ? Est-ce même qu'ils l'auraient coupé en morceaux tandis qu'il était encore vivant ? Je n'écoutais Heliana que distraitement, et je ne lui ai pas demandé de précisions. Elle m'a dit qu'elle avait rendez-vous avec lui, dans ce même cabinet, et qu'elle avait été retardée – Heliana arrive très souvent en retard à ses rendez-vous –, et qu'en arrivant elle avait vu là la police. Peut-être avait-elle vu aussi le corps et, qui sait, les morceaux du corps, en tout cas, elle se disait qu'elle aurait pu mourir, elle aussi, être découpée en morceaux, si elle était arrivée juste à l'heure. Par la suite, elle avait été très malheureuse, elle avait beaucoup souffert de la disparition de cet homme – plus, je me l'avouai, que je ne serais capable, moi, de souffrir de sa disparition à elle.

L'hypothèse la plus vraisemblable était bien entendu que Heliana, après m'avoir laissé sans rien dire partir en vacances avec ma femme, n'en avait pas moins médité quelque vengeance puérile. La manière dont nous avions commencé notre liaison m'avait beaucoup plu : nous nous voyions une fois la semaine, et puis le week-end, ce qui me convenait tout à fait, car cela me laissait la liberté nécessaire et le temps de solitude dont j'ai besoin pour exister paisiblement. Notre liaison avait donc commencé comme bien d'autres dont j'avais pu jouir dans ma vie (par exemple, avec Rachida). Mais je savais aussi par expérience que ce genre de bonheur n'est qu'égoïste, et ne saurait se prolonger très longtemps. Il arrive toujours un moment où la partenaire insatisfaite décide qu'il y a danger que les choses s'installent dans la durée : elle pratique alors ce que l'on pourrait appeler la déréglementation de la relation.

Elle dit que le prochain week-end, elle ne sera pas libre, ou bien que demain soir, quand on avait décidé de dîner ensemble, elle a, hélas, un autre plan. Heliana, qui est une fille très bien selon le jugement de Mattei, n'avait jusqu'à présent jamais recouru à ces procédés grossiers (il me semble même que nous en avions parlé avec une réprobation unanime), mais elle avait pu se décider, à son tour, à faire comme tout le monde. Ainsi, dans l'hypothèse où elle n'aurait pas disparu pour toujours, c'était tout de même la fin d'une période de notre relation, nous allions entrer, comme les avions, dans une zone de turbulence, et alors, ce serait à moi, au bout du compte, de dire à Heliana qu'il était temps de mettre fin à notre liaison, car je ne voulais pas devenir son jouet.

Je dirais à Heliana, décidément, je sens bien que tu attends autre chose de moi qu'une aventure, je comprends tout à fait ton point de vue mais, moi, j'ai une femme et un enfant, et je ne peux pas envisager par exemple de vivre avec toi, encore moins de me marier. Le mieux est donc que nous mettions fin d'un seul coup à notre relation, et que nous restions bons amis – tu pourrais même continuer à me donner des cours de tchèque. J'aurais les larmes aux yeux, mais cette conversation ayant lieu au téléphone elle ne le verrait pas, je l'aurais appelée chez elle, au numéro qu'elle m'avait donné. Et au lieu de me supplier, de me dire, Philippe, je ne sais pas, nous devrions essayer quand même, peut-être que je pourrais me contenter de cela, de la manière dont nous nous voyons, je ne veux pas te perdre, elle répondrait :

« Tu as raison, mais pour les leçons de tchèque, il faudra que tu te trouves quelqu'un d'autre. »

L'hypothèse de la vengeance de Heliana, la plus vraisemblable, me laissait malgré tout des espoirs : je pouvais aussi bien faire semblant de ne pas m'apercevoir que la situation se dégradait, et l'amener par le poison lent de ma douceur légendaire à ne plus pouvoir se passer de moi. Ne m'avait-elle pas dit une fois : « Philippc, tu cs bon, tu es délicieux, tu es comme du miel » ?

Il y avait une troisième hypothèse, celle d'une disparition définitive, d'une rupture brutale et unilatérale. Heliana était retournée en Roumanie, profitant de mon absence, avec Mattei qui lui aurait donné son appui, sans pour autant qu'il fût devenu son amant, Heliana ne me semblant pas être une girouette ni une fille facile, mais Mattei lui aurait donné un coup de main en échange de son aide pour choisir ses lunettes, en attendant de devenir son amant. Cette troisième hypothèse, je ne parvenais pas à y croire, tant elle était romanesque et peu conforme à ce que je savais de la vie. Elle s'imposait néanmoins à moi, avec la force d'une tragédie où j'aurais désiré jouer le rôle du héros trahi.

Et puis, elle n'était peut-être pas partie en Roumanie, mais ailleurs. N'y avait-il pas dans son passé une zone d'ombre assez grande pour qu'elle pût s’y noyer ? Ne m’avait-elle pas dit qu’elle voulait ou qu’elle devait me parler, et qu’il fallait attendre l’occasion d’un restaurant, et cette occasion ne s’étant pas présentée – je n’avais pas beaucoup insisté pour qu’elle se présentât, il est vrai –, n’étais-je pas dans l’ignorance de choses importantes pouvant expliquer la disparition de Heliana ? L’explication de cette disparition était à coup sûr dans ce repas au restaurant que nous n’avions pas partagé.

Ma voiture filait sur l'autoroute mouillée, le disque était terminé, et je ne voulais pas encore le remettre en marche ni passer à un autre. J'avais arrêté le lecteur de disques. Je n'entendais que le bruit du moteur, le chuintement des pneus sur l'asphalte et le vent qui glissait sur la tôle. Il ne pleuvait plus, mais de gros nuages roulaient encore dans le ciel.

Soudain, j'aperçus Prague à l'horizon, en fait une barre d'immeubles de banlieue qui se dressent à l'entrée de Prague de ce côté, et semblent défendre la cité. Au même instant, il y eut une déchirure dans le ciel, le soleil inonda la ville, et toute la route devant moi, et la campagne environnante. Au même moment encore, comme dans les opéras baroques, lorsque toutes les machines se mettent en route simultanément, pour mieux mettre en valeur une péripétie, le téléphone a sonné.

Mon cœur s'est mis à battre très fort, j'étais pour ainsi dire certain que ce n'était pas Heliana, je ne croyais pas qu'elle pût encore appeler, mais je ne pouvais m'empêcher de penser que ce devait être elle. Je me rendis compte à la manière dont mon cœur s'agitait à grands coups affolés dans ma poitrine que Heliana devait être dans ma vie quelqu'un de très important, quelqu'un dont je dépendais, et dont je voulais dépendre, malgré la douleur de la déception qui m'attendait si cette sonnerie n'était pas d'elle.

En prenant le téléphone dans la main droite, je m'y préparais non comme à une souffrance, car ce n'était pas tout à fait une souffrance, mais comme à une rechute, comme quelqu'un qui évoluerait avec difficulté dans de la boue épaisse et, croyant avoir enfin trouvé un point d'appui, un peu de sol ferme sous ses pieds, sentirait que le sol se dérobe de nouveau, et qu'il doit encore se livrer à des gestes grotesques et épuisants pour avancer, voire seulement se maintenir, tant bien que mal, à la surface.

C'était elle. « Où es-tu ? me demanda-t-elle aussitôt, tu n'étais pas au bureau. » Elle avait ce ton à elle, enjoué et bourru, telle une mère rassurée mais qui gronde un peu. « Jsem na dalici (je suis sur l'autoroute) », lui répondis-je aussitôt en tchèque, pour lui montrer que je n'avais pas oublié ses leçons. « *Dalnici*, répondit-elle, impatientée. – Sans doute, oui, *dalnici*, mais toi, surtout, où étais-tu ? Tu n'as pas eu mes messages, tu sais que j'étais inquiet. » Elle rit : « Je suis contente que tu aies été inquiet. Mais j'étais à Plzen, tout simplement. » Comment, à Plzen, mais qu'est-ce qu'elle faisait à Plzen ? Et puis, de Plzen, elle ne pouvait pas téléphoner, alors ? « Tu m'avais dit que tu rentrais le 15. – Comment le 15, je suis rentré le 12. – Oui, ça, j'ai compris, mais comment est-ce que je pouvais le savoir, moi ? » Devais-je la croire ? Peu importait, ce qui comptait, c'est qu'elle me parlait, là, au téléphone, tandis que je roulais vers le soleil enfin revenu.

« Qu'est-ce que tu fais ce soir ? me demanda-t-elle. – Ce soir, j'ai ma leçon de piano. »

Il est vrai que j'avais prévu de faire venir mon professeur de piano ce soir-là. C'est un Ukrainien, il m'a été présenté par Barbara, mon autre professeur de tchèque. Il parle mal le tchèque, m'avait-elle prévenu, mais il ne parle aucune autre langue, que le russe. Alors, il va m'abîmer mon tchèque, avais-je répondu à Barbara. Elle avait ri. Lui, au fait, ne parlait pas si mal, en tout cas, nous arrivions à nous entendre. Il y avait quelques mots qui revenaient toujours : « blízko » (pour me dire d'approcher ma main du clavier), « stejne » (lorsque la mesure était la même que la précédente), « klid » (pour me faire jouer plus sereinement), etc. Il me disait souvent : « Vous comprenez ? Ou bien est-ce que vous ne comprenez rien du tout ? » Et son « rien du tout » était accompagné d'un large geste de la main, il faisait table rase, à l'image des plaines d'Ukraine, de mes faibles connaissances en solfège.

Ce petit homme nerveux, disert et très curieux me posait toutes sortes de questions sur les bibelots et les photographies qui se trouvaient dans ma chambre, sur la commode ou sur le piano. « C'est votre fils ? Quel âge a-t-il ? » Il avait aussi des inquiétudes concernant mon mobilier, s'il était neuf, ou si je l'avais rapporté de Roumanie. La Roumanie était pour lui une contrée exotique dont il ne savait rien, ou à peu près, et qu'il fallait que je lui décrive. Quant à la linguistique, il en était féru. Il ne comprenait pas le français, ni le roumain, a fortiori, mais voulait savoir comment on disait « blízko » tant en français qu'en roumain, ou « klid », par exemple.

De temps en temps, tout de même, il me faisait jouer, mais il m'arrêtait aussitôt : « Plus doucement, vous devez jouer plus doucement. Je vais vous montrer », ajoutait-il, et il prenait ma place devant le clavier. Alors il se mettait à jouer le morceau que nous étions en train d'étudier. « Bien, bien, très bien », disait-il. Il s'extasiait devant la qualité de mon piano, un Petrov, que j'avais acheté blanc pour l'assortir à ma chambre. Il le trouvait excellent et me demanda un jour combien je l'avais payé. « Pět set tisíc korun », lui dis-je. Il fronça les sourcils. « Oh ! »

dit-il en tchèque. Il continua à jouer, et s'interrompit. Il trouvait le piano vraiment cher. « Pět set tisíc ? » Il levait les deux sourcils en même temps qu'il hochait la tête. Je pensai que ce malheureux Ukrainien n'avait pas de gros moyens et que ce prix, après tout convenable pour un piano, lui paraissait, à lui, exorbitant. « Peut-être l'ai-je payé plus cher parce qu'il est blanc. » Il me regarda, songeur, et se remit à jouer. Il n'avait pas l'air d'être de cette opinion. Il semblait penser plutôt que j'étais une dupe, ce que je n'étais pas, ayant acheté le piano directement à la fabrique : on me l'avait livré, au cinquième étage de mon ancien appartement, sur une petite machine à chenilles qui montait les escaliers. Enfin, après avoir joué quatre fois de suite le même morceau, et de plus en plus nerveusement, il eut une illumination et me demanda d'écrire « pět set tisíc ». J'écrivis : 50000. « Je comprends, me dit-il, padesát tisíc. »

Je confonds toujours cinquante et cinq cents, parce qu'en tchèque on change les dizaines à partir de cinq, on dit *třicet* (trente), par exemple, *čtyřicet* (quarante), mais *padesát* (cinquante). Moi, j'avais dit *pětcet*, qui peut s'entendre comme *pět set*, or *pět set* veut dire cinq cents, et cinq cent mille couronnes, cela faisait un peu cher pour un piano, même blanc.

Mon professeur de piano une fois rassuré se mit à jouer longuement, des morceaux qui devaient lui évoquer son Ukraine natale et le faisaient se perdre dans de profondes rêveries, qu'il suspendait de temps à autre pour vanter l'excellente sonorité de ce piano, un vrai piano de concert, ce qu'auraient pu confirmer mes voisins, si j'en avais eu. Puis, mû par un ressort intérieur, une sorte de pendule biologique qu'il aurait mise au point à force de donner des leçons depuis si longtemps, il s'arrêta, rabattit le couvercle du piano, et me dit que l'heure était terminée.

« J'ai ma leçon de piano, mais tu peux venir. – Et qu'est-ce que je vais faire pendant ta leçon ? Écoute, je te rappelle ce soir, et on verra. »

Je m'étais souvent demandé si cet instant se produirait, cet instant où Heliana m'appellerait et mettrait fin à sa disparition. Et je m'étais demandé aussi ce que je ressentirais. D'abord, c'est vrai, tout de suite, la fin de cette lancinante torture de l'estomac noué, l'arrêt de tous ces symptômes liés à son absence, à l'angoisse de l'avoir perdue ou de craindre de la perdre. Ce fut le bénéfice physique le plus rapide et le plus nettement sensible. Le brouillard qui semblait il y a quelques instants baigner mon cerveau et l'inhiber à la façon d'un mauvais poison s'était levé, s'était dissipé sans laisser de trace, et j'en éprouvai un réel soulagement, comme lorsqu'on échappe à une contrainte physique pénible et longtemps endurée. Mon corps était maintenant plus libre, plus léger, mon esprit redevenu lucide, je retrouvais le courage d'agir, d'une certaine façon le goût de vivre.

Je ne sais quelle description médicale il faudrait faire de cette pression permanente au creux de l'estomac, mais je sais qu'il arrive aussi que le foie soit attaqué par le dépit amoureux. Plus tard, deux mois après cette histoire, Heliana m'a téléphoné d'Espagne, où elle était en vacances dans la villa de Clementina, à Alicante, après que j'eus passé moi-même avec ma femme deux semaines en Tunisie. Elle m'a téléphoné le jour où j'attendais son retour, et elle m'a dit : « Mais je ne viens plus. » Ce « mais » bizarre était placé là comme si nous avions commencé auparavant une conversation. J'ai dit, si cela peut s'appeler dire, « oh ! », oh ! parce que rien d'autre ne me venait sur-le-champ, c'était tout à fait inattendu, elle devait rentrer et j'ai voulu lui poser la question : « Mais pourquoi est-ce que tu ne viens plus ? Qu'est-ce qui se passe ? Et quand est-ce que tu viens en fait ? », mais la conversation, si on peut appeler cela une conversation, a été coupée, et je me suis retrouvé seul, avec un bip bip dans l'oreille et une terrible douleur au foie, comme si on m'y avait porté un coup.

Je ne savais pas précisément ce qu'elle avait voulu dire par « je ne viens plus ». Il avait été convenu qu'elle revenait d'Alicante, où elle avait passé ses vacances, à Prague, pour être avec moi quelques jours, avant de repartir en Roumanie voir ses parents. Elle avait même prévu ce détour rien que pour me voir. Donc, ce « je ne viens plus » pouvait s'appliquer soit à ce court séjour pragois, ou bien, plus gravement, ainsi que pouvaient me le laisser penser à la fois ses plaintes sur la difficulté qu'elle avait de vivre à Prague, et tout ce que j'avais appris – au cours du fameux dîner au restaurant qui avait fini par avoir lieu – sur son passé avec un fiancé espagnol, ce « je ne viens plus » pouvait signifier qu'elle l'avait retrouvé là-bas, décidé de l'épouser et de renoncer à moi : qu'est-ce que j'avais à lui offrir ?

J'avais attrapé une bouteille d'eau, et je me mis à la boire à longues gorgées, parce que mon foie semblait se rétrécir, se dessécher à la façon d'un fruit, et il fallait que je boive pour l'inonder, pour évacuer la brusque invasion de toxines qui l'avaient infesté et le transformaient en figue sèche. J'avais été littéralement intoxiqué par l'adieu de Heliana, et je me suis traîné tel un moribond tout l'après-midi, jusqu'à ce qu'elle m'appelle de nouveau deux heures plus tard, de l'aéroport de Prague cette fois, toute fière et joyeuse du bon tour qu'elle m'avait joué.

Quant au bonheur, à ce bonheur que j'attendais sans oser l'espérer, le bonheur que j'aurais à l'idée que Heliana ne m'avait pas quitté, qu'elle était toujours désireuse de me voir, et même qu'elle se réjouissait, comme d'un cadeau, de l'inquiétude où elle m'avait plongé, ce bonheur de retrouver celle que j'avais cru perdue – il faut avouer qu'il était évanescent, incertain, que je n'avais pas de prise sur lui.

J'entrais dans Prague d'or aux toits vernis par la pluie, le ciel était un décor fantastique où s'étiraient des masses épaisses de pâte noire sur un fond de bleu et de rouge, comme si la beauté triomphante de cette ville me chantait les louanges de l'amour. Je pleurai, et je commençai à penser à toutes sortes de détails sur mes soirées passées avec Heliana, et la manière dont allait se dérouler celle-ci. Mais le bonheur, le vrai bonheur, je redécouvrais que je n'étais pas capable d'en jouir pleinement, que je devais me contenter au moins de n'être pas malheureux, et d'être débarrassé de l'angoisse qui m'avait rongé l'âme ces jours passés.

Alors, je pensai à Ilinca. Cela faisait bien deux jours qu'elle n'avait pas appelé.

Que se passait-il donc ?

Achevé d'imprimer sur presse Cameron
dans les ateliers de Bussière Camedan Imprimeries
à Saint-Amand-Montrond (Cher)
en juillet 1998
pour le compte des Éditions Stock
27 rue Cassette, 75006 Paris

Imprimé en France

Dépôt légal : août 1998.
N° d'Édition : 9821. N° d'Impression : 983556/4.
54-02-5012-01/7

ISBN : 2-234-05012-7